FOLI(

Collect

Brun

Maître d

à l'Univ

la Sorb(

CW01376091

Aragon

Le Roman inachevé

par Cécile Narjoux
et Daniel Bougnoux

Cécile Narjoux
et Daniel Bougnoux

commentent

Le Roman inachevé

d'Aragon

Gallimard

Cécile Narjoux, agrégée de lettres modernes, est maître de conférences à l'université de Bourgogne, où elle enseigne la stylistique et la grammaire. Elle a publié *Le Mythe ou la représentation de l'Autre dans l'œuvre romanesque d'Aragon* (L'Harmattan, 2001), *Étude sur* Le Paysan de Paris *d'Aragon* (Ellipse, 2002), ainsi que de nombreux articles sur l'écriture d'Aragon.

Ancien élève de l'École normale supérieure, agrégé de philosophie, Daniel Bougnoux est professeur (émérite) à l'université Stendhal de Grenoble-III, et responsable de l'édition des *Œuvres romanesques complètes* d'Aragon (cinq volumes) dans la Bibliothèque de la Pléiade.

RÉFÉRENCES

ORC   *Œuvres romanesques complètes*, Gallimard, Coll. « Bibliothèque de la Pléiade » (t. I, 1997 ; t. II, 2000 ; t. III, 2003).

ORCr   *Œuvres romanesques croisées d'Elsa Triolet et Aragon*, Robert Laffont, 1964-1974, 42 vol.

OP   *Œuvre poétique* (2ᵉ éd. Messidor/Livre-Club Diderot, Paris 1990, en sept volumes ; *Le Roman inachevé* y figure au tome V).

La pagination indiquée entre parenthèses renvoie à l'édition de poche Poésie/Gallimard du *Roman inachevé*.

INTRODUCTION

« Comment achever ma vie et ma phrase », se désespère le poète de rue appelé le Medjnoûn, quand il découvre avec épouvante de quels crimes ses frères de combat, encerclés et défaits en 1492 dans Grenade, peuvent eux aussi se rendre coupables (*Le Fou d'Elsa*, 1963). Ce cri prêté par Aragon à son double tragique, au cours du long poème qui constitue l'un des sommets de son œuvre, éclaire à sept années de distance l'autre grand poème intitulé *Le Roman inachevé* (1956).

Nous ne savons dans quel ordre exact Aragon composa cet ouvrage, vraisemblablement commencé dès la fin de *Les Yeux et la mémoire*, qui parut à l'automne 1954. La genèse du *Roman inachevé* dura donc environ deux ans, et sa mise au point finale eut lieu à la lumière de la dénonciation des crimes de Staline contenue dans le rapport « attribué au camarade Khrouchtchev » (février 1956).

Nous reprenons la formule défensive régulièrement employée par la presse communiste pour entretenir le doute sur les révélations alors apportées par la presse bourgeoise ; le Parti français ne publiera le texte du rapport Khrouchtchev qu'en 1982, l'année de la mort d'Aragon.

Par une coïncidence aggravante, l'ouvrage parut, le 5 novembre, au moment où les chars soviétiques écrasaient le soulèvement populaire de Budapest. Adossé à ces épisodes tragiques, ce titre inaugure dans l'œuvre et la vie d'Aragon le grand tournant de sa troisième période, celle de révisions déchirantes encore presque impossibles à dire, et à penser. Un fond indicible longtemps refoulé travaille le texte, moins régulier mais plus audacieux que celui du recueil précédent; une vie s'expose dans ses fractures, ses doutes ou ses colères, avec l'énergie d'aimer quand même, et de toujours *désespérément* croire : « J'appartiens à une catégorie d'hommes qui ont cru, comment dire pour marquer d'un mot l'espoir et le malheur : qui ont toute leur vie cru *désespérément* à certaines choses », écrit Aragon en 1967 dans « La fin du *Monde réel* »[1].

1. *ORCr*, XXVI, p. 303.

« Vint mil neuf cent cinquante-six comme un poignard sur mes paupières », avoue Aragon dans « La nuit de Moscou » (p. 243). Lui-même marchant sur ses soixante ans, plusieurs poèmes semblent écrits du point de vue du « vieil homme » (titre de la page 168), et cette absence d'avenir sera le motif explicite du *Fou d'Elsa* qui va suivre; or ce futur refusé concerne aussi l'espérance révolutionnaire, et ce constat d'un réalisme sans avenir dominera la troisième période de son œuvre. Confronté à ces sombres perspectives, le couple phare du Parti a quelques raisons de s'inquiéter de l'image que tous deux vont laisser et, comme écrira Elsa avec sa lucidité coutumière dans une lettre à sa sœur Lili en novembre 1962 : « Ce n'est pas nous les faux-monnayeurs, mais nous avons tout de même mis les fausses pièces en circulation, par ignorance[1]. »

La réponse d'Aragon aux démentis de l'Histoire fut celle d'une création éblouissante. Tout se passe comme si l'écriture, décisive, *dé-mesurée*, du *Roman inachevé* avait libéré un poète-romancier qui ne va cesser de produire, dans les années suivantes, une succession de chefs-d'œuvre, ici contenus en germe : *La Semaine sainte* (1958), *Les Poètes* (1960), *Le Fou d'Elsa* (1963), *La Mise à mort* (1965), *Blanche ou l'Oubli* (1967)... Fertile en interrogations, *Le Roman inachevé*, livre somme, pluriel, foisonnant, hybride et « ouvert » à la fois, qu'on a pu dire tout autant poème, recueil, roman, romance et autobiographie, accumule délibérément les contradictions et les transgressions, sur le fond comme sur la forme.

Le Roman inachevé frappe d'abord par sa construction soignée, l'écheveau des passions

1. Lili Brik-Elsa Triolet, *Correspondance 1917-1970*, Gallimard, 2000, p. 1019.

qui le tissent et l'importance de son contenu autobiographique ; plutôt que *recueil*, notion qui risque de méconnaître la composition organique des grands textes poétiques, Aragon préfère, à juste titre, appeler ceux-ci « poème » au singulier, pour souligner leur unité, quelle que soit leur longueur : *Le Fou d'Elsa* (quatre cents pages) est un *poème*.

Tenaillé par l'urgence de faire le point, Aragon y met à plat tout le cours de sa vie sans escamoter les drames de son enfance, l'explosion de la Grande Guerre ni les déchirements des années vingt : les amitiés surréalistes sont évoquées, et il consacre à l'amour de Nancy Cunard (Nane, sa grande passion des années 1926-1928) des poèmes dont Elsa put se montrer jalouse. Le théoricien du réalisme socialiste, qu'on vit, en 1954, prôner le retour au sonnet, explose ici dans des rythmes et des rimes d'une grande liberté : le souffle lyrique, la tendresse, l'humour grinçant balaient la page avec une souveraine liberté de ton ; tout se passe comme si Aragon, conscient d'être placé à cette date au carrefour de l'immobilisme et d'un sursaut de sa création, pariait sur l'audace et cherchait, par le renouveau de sa poésie, à garantir, aux yeux de ses meilleurs lecteurs comme aux siens, une renaissance de l'espérance révolutionnaire alors compromise.

Aragon, qui aura raconté sa vie dans sa poésie plus que dans ses romans, en a fait son unique « autobiographie[1] ». Il nous faudra discuter la validité de ce terme ultérieurement, car cette « vie » en effet ne peut se parler ni s'écrire sans se falsifier, sans hétéro-thanato-graphie. Aragon écrit au mode vocatif, il s'éprouve étroitement solidaire de ses destinataires : pas de *je* sans *tu*, sans la référence du *il*, ni surtout sans l'horizon du *nous*, le nouage d'une famille ou d'une communauté, siège de tous les désirs et des plus grandes douleurs. Toujours à (re)construire, la famille exaspère ces contradictions. Mais le drame de cette écriture rétro-prospective, privée et publique, persécutée et persécutrice, classique et moderne..., est d'abord celui de l'Histoire. Ouvrage charnière, *Le Roman inachevé* paraît à tous égards critique : texte en forme de bilan, de testament, où le désir d'élucidation et d'ouverture se heurte à celui, contraire, de disculpation et de brouillage. N'allons surtout pas canoniser Aragon. Dans ces pages fracturées, il se sera battu, y compris contre lui-même, y compris contre les siens.

Cette troisième période esquissée dès 1956, et qu'on dira critique ou métalinguistique, n'est en rien la résolution dialectique des deux autres (surréaliste et réaliste). Tendu vers l'édifi-

1. Sur les termes employés par la critique à la réception de cette « autobiographie », voir Dossier, p. 215.

cation (servir, unir), *Le Roman inachevé* brasse la nuit et remue les enfers ; il témoigne surtout d'un désir de durer, donc d'écrire, et par là de renaître, de se réengendrer « au bien ». Par-dessus tout, il s'agit à travers chaque page d'être aimé, comme le reconnaîtra une page de *La Mise à mort* : « Il n'y a qu'une chose qui compte et tout le reste est de la foutaise. Une seule chose. Être aimé[1]. » *Le Roman inachevé* pénétra très tôt la mémoire populaire grâce à Léo Ferré, qui en tira en 1961 un disque mémorable[2]. Cette rencontre entre le musicien et le poète était appelée par la poétique et l'érotique d'Aragon, pareillement tendues vers le chant. La preuve de l'amour, c'est qu'il (se) chante ; et le désenchantement du militant politique, lui-même pétri d'idéal amoureux, semble lui prodiguer une ressource supplémentaire de lyrisme.

Pourtant, l'extrême séduction mélodique du poème risque, paradoxalement, de freiner son intelligence ; et les mises en musique de Ferré, suivi par d'autres compositeurs-interprètes, ne peuvent qu'encourager une écoute selon les rimes, les rythmes et le son, au détriment du sens. Il n'est pas exclu qu'Aragon lui-même ait ourdi ce risque de négligence, en camouflant certains de ses aveux, ou plusieurs

1. *La Mise à mort*, Gallimard, 1965, coll. Folio, p. 480.

2. Présenté *infra* dans notre partie Dossier, p. 252.

confidences troublantes, sous la beauté du chant. Une strophe du *Fou d'Elsa* signale ce danger, celle où les bourreaux pressent le Medjnoûn de chanter : « Mais eux n'entendaient que les rimes[1] »… ; et le texte même du *Roman inachevé* fait à son auteur l'injonction de se cacher par le chant : « Chante la beauté de Venise afin d'y taire tes malheurs » (p. 147). La beauté du *Roman inachevé* peut donc nous faire manquer l'argument essentiel du poème, la trame et le drame historiques qui s'y trouvent consignés mais que, pour des raisons que nous devrons examiner, Aragon ne peut dire en clair, ni jusqu'au bout. Sa poétique *contient* (aux deux sens de ce verbe) sa politique ; et il est peu de poèmes dans notre langue dont les circonstances, et par conséquent les structures internes et la leçon profonde façonnées par celles-ci, soient plus tragiques. Il faudra ici restituer l'arrière-texte, et les contraintes douloureuses de l'Histoire, pour prendre la mesure de ce « mélange d'aveux, de portraits, de mensonges et de masques[2] », avant de nous intéresser à la forme spécifique que prend ce « mélange », tant sur le plan des genres et de la rhétorique à l'œuvre que sur celui des registres et de la versification, dont la dé-mesure et les transgressions sont à cet égard hautement signifiantes.

1. *Le Fou d'Elsa*, 1963, rééd. Poésie/ Gallimard, p. 320.

2. Comme écrit Aragon à propos d'*Aurélien* dans sa préface rédigée en 1966, « Voici le temps enfin qu'il faut que je m'explique… » (*ORC*, III, p. 3).

Rien n'est jamais acquis à l'homme, ni ses amours, ni son « roman ». Celui que nous donne à lire ici Aragon approfondit et complique nos représentations d'un siècle plus proche de Shakespeare que de la dialectique par laquelle on voudrait normaliser, et enseigner, l'histoire ; mais il tire aussi de son bruit et de sa fureur l'ordre apaisant ou réparateur du chant. Nous vérifions une fois de plus, lisant ce poème, à quel point chez Aragon la création s'exerce au bord de la destruction ; ou, pour le dire avec Hölderlin que lui-même citera beaucoup dans *Blanche ou l'oubli,* comment, là où croît le danger — et Aragon comme Elsa courent en cet an de disgrâce 1956 un danger mortel —, « croît aussi ce qui sauve[1] ».

1. Hölderlin, « Patmos », in *Œuvres,* Bibl. de la Pléiade, p. 867.

I

UNE VIE
DANS L'HISTOIRE

1956, « ANNÉE TERRIBLE »

Les Yeux et la mémoire et *Le Roman inachevé* ont paru le même jour (achevé d'imprimer du 5 novembre), à deux années de distance : 1954-1956. On ne peut qu'être frappé par la différence entre les deux textes, et le chemin parcouru par leur auteur au cours de ces deux ans. Le premier recueil est encore contemporain de la guerre froide et d'une vision manichéenne du monde, coupé entre deux camps ; pour toute invention métrique, le poète se borne à y alterner l'alexandrin et l'octosyllabe. Il dédicace l'ouvrage « à l'auteur du *Cheval roux* » (le roman d'Elsa paru en 1953), comme pour placer sa parole au carrefour d'une destruction possible de l'humanité par le feu nucléaire, ou de son ascension vers la lumière socialiste. Aux yeux du couple, cependant, le soleil soviétique s'était quelque peu voilé depuis la victoire de la Seconde Guerre mondiale.

Staline est mort le 5 mars 1953, et le numéro d'hommage que lui consacrent *Les Lettres françaises* a déchaîné l'affaire dite « du portrait de

Picasso » : à la demande d'Aragon, nouveau directeur de la publication depuis un mois, le peintre avait envoyé pour la une un dessin qui montrait un Staline jeune, légèrement ébouriffant, très peu conforme à l'icône du « Petit Père des peuples » que chérissaient les militants. « Le nom sublime du maître génial du communisme mondial resplendira d'une flamboyante clarté à travers les siècles et sera toujours prononcé avec amour par l'humanité reconnaissante », écrit par exemple, en date du 14 mars, *France nouvelle*, l'hebdomadaire central du PCF ; il faut rappeler ce ton, pour comprendre à quel point la figure de Staline était alors chargée d'amour (plusieurs dizaines de suicides eurent lieu en Russie lors de ses grandioses funérailles). Aragon et Elsa ne partageaient certes pas ces dispositions ; leur dernier voyage en URSS, en décembre 1952-janvier 1953, les avait confrontés à la chasse aux médecins juifs (le complot dit « des blouses blanches ») et aux sursauts de la Terreur d'État qui marqua la fin du régime ; Elsa, juive elle-même, était rentrée bouleversée de Moscou, et elle avait comparé auprès de Pierre Daix, abasourdi par son récit, les gens de l'entourage de Staline aux nazis[1]. Mais ce savoir était, bien sûr, impossible à transmettre aux militants du Parti. Ceux-ci trouvèrent un peu tiède l'hommage des *Lettres françaises* et, en l'absence de Thorez encore retenu en URSS où il était soigné, ses remplaçants à la tête du Parti, notamment Lecœur et Billoux, inquiets de la nouvelle ligne d'ouverture du journal prônée par Aragon, saisirent l'occasion du « Portrait » pour lui régler son compte : une campagne de protestation d'une violence inouïe força le nouveau directeur à s'incliner, et c'est cette même attitude de soumission, voire de surenchère vis-à-vis d'une ligne politique dont il souffre pourtant, et qu'il

1. Pierre Daix, *Aragon*, Flammarion, 1994, p. 455.

combat par son journal, qu'Aragon adopte dans le poème de 1954, où l'on trouve des strophes navrantes : « Salut à toi Parti ma famille nouvelle / Salut à toi Parti mon père désormais / J'entre dans ta demeure où la lumière est belle / Comme un matin de Premier Mai[1]. »

1. *OP*, V, p. 279.

Le même recueil, toutefois, achevé en juillet, tendait la main à ses anciens amis surréalistes, et esquissait une autobiographie qui s'épanouira dans *Le Roman inachevé*. Dès le printemps 1953 s'amorce en URSS ce qu'Ilya Ehrenbourg nomma, dans un livre notoire, *Le Dégel*; le Goulag commence à libérer ses prisonniers, et cette politique d'ouverture s'amplifie avec l'accession de Nikita Khrouchtchev au Secrétariat général du PCUS. Or le Parti français, à nouveau dirigé par Maurice Thorez, auquel Aragon se trouve lié par une profonde affection, n'est pas du tout préparé à effectuer ce virage, ni à faire les mêmes concessions.

Littérairement parlant, il semble que les années 1954-1955 voient Aragon précipiter le rythme de ses publications; celle du grand poème de 1954 lui a redonné un élan poétique dont Elsa témoigne dans une lettre à sa sœur Lili : « Sur sa lancée, Aragocha n'écrit plus que des vers[2]. » Il accumule également des notes et des articles dont sortira la somme (de 396 pages) consacrée aux *Littératures sovié-*

2. Lettre du 9 août (datée à tort du 9 juillet) 1954, *Correspondance*, p. 473.

tiques (novembre 1955) ; ce volume est né du IIᵉ Congrès des écrivains soviétiques à Moscou en décembre 1954, qu'Aragon avait suivi avec attention, et où il prononça une conférence dans laquelle il définit la poésie comme « la pensée humaine portée au comble de son intensité, et à l'expression de laquelle le vers fait concourir non seulement les forces limitées du poète, mais toute l'expression dans le langage de son peuple, tout le trésor des traditions nationales[1] » ; *Littératures soviétiques* fait une large place aux écrivains non russes, mais Aragon y passe sous silence la répression dont beaucoup sont victimes. Il s'est également lancé, au cours de la même année, dans le projet d'un roman consacré à David d'Angers ; de celui-ci ne subsistent que la nouvelle « Les rendez-vous romains », publiée le 5 janvier 1956 dans *Les Lettres françaises* (et reprise dans le recueil *Le Mentir-vrai*), et divers articles sur le sculpteur, auquel Aragon préférera, pour en faire un héros de roman, Théodore Géricault, qui sera au centre de *La Semaine sainte* publiée en 1958. Au cours de cette période, il égrène en prépublication une quinzaine des poèmes qui composeront *Le Roman inachevé*.

Le XXᵉ Congrès du PCUS s'ouvre à Moscou en février 1956, et dans la nuit du 24 au 25, de minuit à quatre heures

1. Texte publié dans *La Nouvelle Critique* de février 1955, et repris dans *J'abats mon jeu* (EFR, 1959).

du matin et en présence des seuls délégués soviétiques, Nikita Khrouchtchev y prononce un « rapport secret », véritable bombe où il dénonce avec violence les crimes de Staline et les ravages du « culte de la personnalité ». Le texte du rapport est remis le lendemain matin pour une consultation de quelques heures à diverses délégations étrangères, dont le PCF. De retour en France, sa direction fera tout pour en minimiser et en étouffer les révélations compromettantes, malgré les fuites qui se propagent un peu partout, et les interrogations qui assaillent les membres du Comité central. Sa traduction française paraîtra finalement dans le journal *Le Monde* du 5 juin, et elle ébranle tout l'appareil du communisme français ; dans le même temps, au soulagement de celui-ci, le Comité central du PCUS, lui-même malmené depuis février par les conséquences intérieures du « rapport secret », publie un texte de recul et de compromis, dont la direction française s'empare pour en faire la plate-forme du XIVᵉ Congrès du PCF au Havre, en juillet, enterrant tout débat plus approfondi. Ce soulagement sera de courte durée ; en octobre, une manifestation du « cercle Petöfi » à Budapest, pour hâter le processus de la déstalinisation, dégénère en chasse aux communistes ; le PC hongrois fait appel aux troupes soviétiques, qui entrent à Budapest le 4 novembre; cette occupation scandalise le « monde libre », qui prend fait et cause pour les insurgés; le 7 novembre à Paris, les locaux du Comité central sont mis à sac au cours d'une nuit d'émeute, et le siège de *L'Humanité* échappe de peu au pillage. Plusieurs intellectuels communistes (mais non Aragon ni Elsa) signent avec des non-communistes, dont Simone de Beauvoir et Jean-Paul Sartre, une protestation condamnant « l'emploi de canons et de chars contre le peuple hongrois », tandis que le PCF, qui avait déjà dénoncé en juin dans les émeutes ouvrières de Poznań un complot impérialiste, applaudit à l'« échec de la contre-révolution ». L'année 1956 sera, dans l'histoire du communisme mondial, celle de la défiance et de la rupture pour de nombreux intellectuels; à Paris, le PCF durement secoué par ces événements enregistre les départs d'Edgar Morin, Henri Lefebvre, Roger Vailland ou Claude Roy, et il doit désormais compter avec l'émergence d'une fraction oppositionnelle; aux *Lettres françaises*, de même, la solidarité de façade avec la direction communiste se double d'une vigilance critique.

À l'intention de ces intellectuels « dissidents » qui s'éloignent[1], Aragon rédigera peu après, dans la revue

1. Le Parti perdit en 1956 environ un quart de son effectif, chiffre cité par Philippe Robrieux, *Histoire intérieure du Parti communiste*, t. II : *1945-1972*, Fayard, 1981, p. 480.

Europe de mars-avril 1957 consacrée à
Jean-Richard Bloch, une étrange mise
au point : en se réclamant d'une apostrophe de Napoléon à Marmont, il y
oppose deux morales, celle de l'honneur, ou de l'homme sur lequel on
peut compter en toute circonstance, et
la morale de l'homme de conscience
auquel il arrive de préférer la justice
à la fidélité, en louant Jean-Richard
Bloch d'avoir illustré la première.
Quelque chose de cette distinction
était passé dans l'un des derniers vers
du *Roman inachevé*, caractéristique de
la morale chevaleresque d'Aragon :
« Je resterai fidèle à mon seigneur »
(p. 245). Le couple cependant, s'il
garde officiellement le silence, est bou-
leversé par le drame hongrois ; en juin
1957, accédant à la présidence du
Comité national des écrivains à la
mort de Francis Jourdain, Aragon met-
tra tout en œuvre, en cette nouvelle
qualité, pour obtenir que deux écrivains hongrois, condamnés à mort à la
suite des événements de novembre,
voient leur peine commuée ; de fait,
son intervention sauve leur tête. Elsa
de son côté s'est mise depuis février
à écrire « comme prise d'ivresse » un
nouveau roman, *Le Monument*, dans
lequel elle analyse, avec moins de
détours que son époux, la tragédie
du créateur affronté aux directives
d'un parti communiste ; dans la même

lettre où elle confie ce projet à sa sœur Lili, elle évoque également le succès du *Roman inachevé* : « Aragocha connaît une gloire démentielle ! [...] La boue dont on le couvre se transforme à son contact en brocart et velours ! et ses ennemis eux-mêmes regrettent déjà de lui avoir cherché noise[1]. » À la même date, Aragon lui-même s'est déjà enfoncé, à la poursuite de Théodore Géricault, dans l'écriture de *La Semaine sainte*.

1. Lettre du 19 février, *Correspondance*, p. 602-603. Voir Dossier, p. 204 (lettres d'Elsa à Lili).

CHRONOLOGIES DU « JE »

2. Sur l'inscription de l'Histoire de l'« Année terrible » dans *Le Roman inachevé*, voir Dossier, p. 236 (G. Mouillaud-Fraisse).

C'est sur ce fond de tragédie collective[2], de tiraillement et de remise en question personnelle brutale que vient alors s'inscrire la nécessité du projet « autobiographique ». Sur un tel projet, pourtant, Aragon s'est toujours montré plus que réservé : « Je ne me donnerai pas les gants de cette boxe devant le miroir », « Je n'ai pas l'intention de retourner toutes les cartes du jeu » — ni du *je*.

CLIVAGES

On discerne, de fait, dans le traitement de la tragédie personnelle et collective du *Roman inachevé*, plusieurs tentations ou tentatives contradictoires. Un premier partage, autoritaire, massivement retracé d'un bout à l'autre du poème, voudrait distribuer avant Elsa l'errance, l'aveuglement ou la jonglerie verbale (« En ce temps-là j'étais crédule », p. 153), et porter au crédit de son nouvel amour, au détour des années trente, l'engagement responsable et la lucidité politique (p. 24). L'auteur donne en exemple sa « marche ascendante » (p. 29), et sur un seul chemin, qu'il invite tous les hommes de progrès à prendre : « Moi j'ai tout donné que vous sachiez mieux / La route qu'il faut prendre » (p. 79).

Or la chanson sans auteur qui ouvre notre *Roman*, « Sur le Pont Neuf j'ai rencontré... », bute en sa dernière strophe sur un sujet aveugle. Ce poème, inaugural, de la confrontation avec le double (après *Les Beaux Quartiers*, avant *La Mise à mort*) dispose les mots cadres de la rétrospective du surréalisme : joueur, outrance, vent, mascarade, aveuglement, crédulité, fumée..., tous ces termes dépréciatifs qualifieraient une époque désormais révolue, un jeune âge que le règne d'Elsa et le récit des années de la maturité s'efforcent de contenir aux origines (« Trente ans perdus et puis trente ans... », p. 172). Le surréalisme n'aurait été que la préhistoire du sage, de l'adulte réalisme. Sur ce partage, les poèmes multiplient les formules tranchantes : toute la page 21 commente l'« ancien labyrinthe », mais il faudrait également citer « C'était vrai J'étais en ce temps-là profondément ignorant » (p. 49), ou l'évocation du surréalisme (p. 87), « la fin du moyen âge » et « le Saint-Empire des nuées » (p. 114), et encore « Toi dont les bras ont su barrer / Sa route atroce à ma démence » (p. 173)... Dans quantité d'autres textes de prose ou de poésie, pédagogiques, édifiants, en hommage à Elsa ou à son parti, on voit Aragon insister sur son chemin, ascendant, soulignant le temps qu'il faut pour faire un homme, répétant qu'on vient de loin (« disait Paul Vaillant-Couturier »), ou encore, archiformule qui résume peut-être cette nécessaire formation de l'homme qui n'apprend qu'engagé dans l'Histoire, et mêlé à ses luttes : « J'avais vingt ans Je ne comprenais pas[1]. » Nous ne contestons pas ici l'accent mis sur l'apprentissage et les jalons successifs de la vie d'un homme qui n'est pas né omniscient, et qui a refusé de passer son temps à la lumière des vérités révélées, mais qui s'est au contraire constamment battu pour apprendre, comme il le dit notamment dans sa belle conférence du 23 avril 1959 à la Mutualité : « Il faut appeler les choses par leur nom[2] ». En revanche, le sens de l'histoire qu'il en

1. Dans le poème « Les larmes se ressemblent », chanté par Marc Ogeret, *Les Yeux d'Elsa* (1942).

2. Publiée dans *J'abats mon jeu*, rééd. 1992, Les Lettres françaises/ Mercure de France, p. 137-177.

tire dans ses textes apologétiques, dont *Le Roman inachevé* fait partie, et la partition de sa vie ici réaffirmée s'avèrent douteux, voire impossibles pour au moins deux raisons.

La première est que certains prédicats de l'âge condamné continuent de s'appliquer : l'aveuglement des années de formation frappe aussi l'âge mûr (p. 243) ; la crédulité, privilège des jeunes gens, n'épargne pas l'adulte (« Les pages lacérées », p. 199, évoquent la cécité de l'utopie, également dénoncée dans la seconde partie de « La nuit de Moscou » qui raconte un certain aveuglement volontaire du militant, p. 232-233) — non plus que la souffrance, les mensonges, ou un labyrinthe (p. 232) référé aux méandres du devenir historique, et son Minotaure au Goulag. Le thème du mendiant enfin, qui courait déjà en filigrane dans *Aurélien* et qui débordera dans *Le Fou d'Elsa*, revient comme un symptôme récurrent (p. 111), puis envahit la prose du forcené (p. 178-179) ; sa silhouette suppliante parasite le discours de l'amoureux, mais aussi de l'écrivain qui n'arrive pas à se faire entendre, et surtout du militant aux « offrandes rabrouées ».

La seconde raison est que le récit équivoque de ce qui fut condamne moins qu'il ne ressuscite le « merveilleux printemps » (p. 87) surréaliste.

L'évocation des années 1917-1928, et particulièrement de l'amour de Nancy, n'occupe pas moins d'un tiers du livre ! C'est beaucoup face à Elsa, dédicataire obligée du recueil. Ces poèmes ne se contentent pas de décrire ou de mettre en perspective historique, ils recréent les amitiés et les amours du jeune homme avec une force visionnaire et, au-delà des querelles, des trahisons et des années, avec une poignante nostalgie. En bref, le passé condamné déborde, ou refuse de passer.

Les étapes successivement traversées par le héros-narrateur anonyme de ce « roman », que nous nous autorisons tout de même à appeler Aragon, montrent qu'il eut plusieurs vies : au fil du récit « Aragon » change, se dédouble et s'autorise de ces écarts pour dialoguer avec celui ou ceux qu'il fut, sur un mode sarcastique ou apitoyé (« Laisse-moi rire un peu de toi mon pauvre double mon sosie », p. 97). Or ce dédoublement diachronique, banal dans toute rétrospection, se double lui-même ici et là d'un clivage synchronique où l'expérience du double se fait beaucoup moins rassurante, ou édifiante, mais au contraire dangereuse, voire folle. Cet art poétique tendu vers l'unité a pour condition un effondrement de la personne propre, ou sa duplicité. Il y a du double à l'origine, et singulièrement dans le poème-incipit, qui reconnaît très lucidement, par la place inaugurale accordée à cette expérience du double, une logique plus générale.

La rencontre avec le double inquiète en effet plusieurs poèmes (pages 17, 69-70, plus légèrement pages 73 et 87 avec le motif de l'ombre). Or nous savons, par toute une tradition littéraire qui culmine dans *La Mise à mort*, que celui qui fraye avec son double n'est pas loin de mourir. De fait, les deux épreuves se rejoignent à Couvrelles, où la découverte par l'auteur de sa propre tombe frappe d'irréalité maximum tout ce que nous lisons : « Si j'étais mort... » (p. 70).

Nous dirons que l'expérience du double est une réponse, elle-même traumatique, au trauma : dans le cas d'Aragon et en deçà de la guerre, à sa situation familiale marquée par l'abandon, la solitude et la honte (voir p. 50, 73, 80, 95-96, 110-112, 115, 168, 174-176, 178, 201... et en particulier la prose « Ô forcené... » qui annonce les pages les plus désespérées du *Fou d'Elsa*). La défense psychotique du dédoublement prépare *La Mise à mort*, où le double apparaît comme une ruse du narcissisme, moins pour se voir « en bien » que pour expulser de soi tout le mal, ou comme dit ici notre *roman* : « départage(r) le juste et l'injuste » (p. 58). Qu'il soit victime émissaire ou, au contraire, projection de l'idéal du moi, le double dans les deux cas figure l'embryon d'une famille ou du couple, un premier partage des rôles et l'esquisse d'une cellule sociale, elle-même fort asociale puisque traversée par toutes les décharges de l'amour-haine, par tous les démons de l'analogie. Il est étrange que, pour Aragon, le chemin de l'autre passe par le double, c'est-à-dire par l'amour, comme on lit dans *Le Fou d'Elsa* : « Il n'est plus terrible loi / Qu'à vivre double », psalmodie le Medjnoûn[1]. L'apprentissage de l'altérité, le principe d'altruisme et de réalité exigeaient d'en passer d'abord par cet imaginaire, qui trouve son amplification ravageuse dans l'amour, occasion de tous les délires. Le paradoxe de l'art et de la morale d'Aragon est d'avoir identifié ce même amour, d'abord asocial et bien peu présentable, au principe de réalité, d'en avoir fait la cause et la caution du fameux réalisme, ou le viatique de son chemin.

1. *Op. cit.*, p. 75.

ÉDIFIER / DÉCONSTRUIRE

Deux esthétiques s'affrontent dans ce poème ; l'une veut édifier à tous les sens du terme, et elle doit pour cela linéariser, clarifier, gommer... « Reprends sans discuter ta strophe Avance / Avance je te dis » (p. 60) ; elle postule un même chemin pour tous (p. 79), un seul soleil ou le même bien. Cette vision orthopédique de l'Histoire ne résume heureusement pas le génie d'Aragon, qui inscrit dans le même texte une pulsion centrifuge, la déchirure des affects et d'une certaine folie annonciatrice du *Fou d'Elsa*; on voit affleurer au fil du texte, malgré le désir régulateur, normalisateur, qui préside à la chronologie de sa composition, l'évidence du chaos intérieur-extérieur (p. 242); une liaison hasardeuse annonce les derniers romans, et la déconstruction d'un individu et d'une histoire qui voudraient ici se rassembler. L'éparpillement des affects (car les poèmes ne s'enchaînent pas vraiment), l'enfer pavé de bonnes intentions et les retournements de la morale militante (« Je traîne après moi trop d'échecs et de mécomptes », p. 176) défont la pédagogie et le projet d'édifier; plusieurs textes d'une grande noirceur, et pas seulement « La nuit de Moscou », contredisent cette lueur qui s'est levée à l'Est et qu'évoque en des vers poignants, à la respiration large, le récit du premier voyage de 1930 à Moscou qui fit basculer l'auteur de l'autre côté du monde (« Cette vie à nous », p. 185-188)...

Le « roman » va en diminuant au fil de la chronologie : tout se passe comme si l'éloignement favorisait l'accommodation de la mémoire, qui semble bien « fixée » jusqu'aux années de la Seconde Guerre, à partir de laquelle le récit se fait beaucoup plus lacunaire; l'après-guerre et l'évocation très oblique des années presque contemporaines de la guerre froide s'intitulent significativement « Poésies pour tout oublier »; sarcastiques et grinçantes, elles n'occupent à l'échelle du *Roman* que la portion congrue. Le chant, plus difficile à rameuter, n'est plus au rendez-vous. Depuis *Les Yeux et la mémoire* et en moins de deux années, le rêve révolutionnaire a pris un sacré coup de vieux — l'homme aussi.

Au carrefour de ces deux voies, *Le Roman inachevé* ménage les conclusions de chacun. Optimiste, pessimiste? Il semble que, dès 1956, chaque lecteur y trouva son propre bien, par la vertu même de l'esthétique délibérément romanesque qui est à l'œuvre. Nous y reviendrons.

LE DIT

On écrit pour fixer des secrets, argumentera Aragon au début de *Je n'ai jamais appris à écrire ou les Incipit*[1]. Le secret se forme ici à plusieurs niveaux, depuis le simple non-dit par hors champ (d'une vie le texte ne peut

1. Genève, Skira, 1969; rééd. Flammarion, coll. « Champs ».

tout mentionner) au refoulé ou à l'indicible, en passant par le suggéré, ou le difficile à dire : ces couches sont marquées, çà et là dans notre texte, par des points de suspension. Par son enfance très particulière, comme nous allons le voir, Aragon fut dressé au secret, donc à la contrebande ; il retrouva et développa en virtuose celle-ci, lors des années noires de l'occupation de la France, dans le cycle de ses poèmes de Résistance ; or cette contrebande change de camp et s'approfondit, lors des années plus noires encore de la guerre froide, dont la douleur culmine en 1956.

ENFANCE

« Si l'enfance chez moi fut prolongée, en vais-je contester le charme[1] ? » Il est fréquent que dans les textes d'Aragon on entende un enfant : songeons aux pages consacrées à l'enfance de Pascal, et aux étés de Sainteville, dans *Les Voyageurs de l'impériale*... Cette veine resurgira avec une force particulière dans l'écriture du « Mentir-vrai », la nouvelle dont Aragon voulut aussi faire un art poétique, et où le vieil homme « dialogue » (unilatéralement) avec le petit garçon qu'il fut. Sur la permanence de ce désir d'enfance au fil de son écriture, et sur les souvenirs

1. « Avant-dire », *ORC*, I, p. 256.

du jeune Louis, *Le Roman inachevé* livre un récit d'une grande richesse.

L'enfance toutefois ne se prolonge pas en chacun pour ses seuls supposés enchantements ; celle d'Aragon fut banalement heureuse, si l'on en croit les souvenirs nimbés de tendresse rapportés ici de l'avenue Carnot (la pension aux belles étrangères tenue par sa mère, et quittée en 1904), ou d'une adolescence arrachée brutalement à son « grand théâtre » (p. 52) par la guerre : étudiant en médecine mobilisé en 1917, le soldat Aragon fut expédié dans les secteurs les plus exposés du front à partir de juin 1918. Cette enfance pourtant fut malheureuse : chacun connaît aujourd'hui, notamment par la biographie de Pierre Daix, le drame du fils non reconnu par son père (le député Louis Andrieux), et dont la mère Marguerite Toucas se faisait passer pour sa sœur. C'est à cette situation très particulière que font allusion ici plusieurs poèmes, sans pouvoir ni vouloir mettre les points sur les *i* : « Il y a des sentiments d'enfance ainsi qui se perpétuent / La honte d'un costume ou d'un mot de travers T'en souviens-tu » (p. 95), mais surtout la troisième des proses de notre *Roman,* « Ô forcené... », où explose comme une consternation enfantine une poche longuement contenue de larmes, de griefs et d'inconsolable désespoir : « et maintenant jamais si l'on prenait ta main ce ne serait comme si la première fois on l'avait prise [...] » (p. 179) : plainte de l'enfant abandonné et trahi, et qui clame l'irréparable des premières blessures, le toujours trop tard des consolations. Il faut se souvenir du cri de cet enfant pour mieux entendre les paroles de l'amoureux, et du militant.

FEMMES, AMOURS

Le Roman inachevé, dédié à Elsa Triolet, « ce livre / comme si je ne le lui avais / pas déjà donné » (dédicace absente de l'édition originale), ne cache pas les amours précédentes du poète, en leur accordant au contraire de surprenants développements : Eyre de Lanux, plus connue sous le nom de « La Dame des Buttes-Chaumont », est évoquée brièvement (p. 92), mais à travers des traits qui fixent à jamais son idéogramme ou son mythe dans la mémoire et l'œuvre d'Aragon : son appartement de la Cité des Eaux (qui deviendra la rue Raynouard dans *Aurélien*), la longue attente de « trois ans » qui les avait d'abord tenus séparés (elle était l'une des maîtresses de son grand ami d'alors, Pierre Drieu la Rochelle), l'amour lyrique qu'Aragon lui témoigna, au printemps 1925, dans son texte « Le sentiment de la nature aux Buttes-

Chaumont » qui semble écrit pour célébrer son entrée éclatante ; puis, très rapidement, l'effacement de cet amour. *Le Roman inachevé* ne dit rien de Denise Lévy, dont Aragon était alors parallèlement, et plus secrètement, amoureux, qui lui inspira la figure inoubliable de Bérénice — dans *Aurélien* — alors qu'Eyre ne paraît pas, dans son œuvre, avoir engendré de personnage particulier ; en revanche, le grand amour qui débute en janvier-février 1926 (et qu'Aragon s'obstine, dans *Œuvre poétique*, à dater de 1927), occupe dans notre poème le cycle de Nane, ou de Nancy Cunard (p. 102-147). Cette liaison qui s'achève (pas tout à fait) à Venise, en septembre 1928, par une tragique tentative de suicide, dura donc trente mois, et cette période d'amour partagé, exalté, mais aussi violent, voire, de la part de Nancy, cruel, compta énormément dans la formation sentimentale d'Aragon. Le 3 septembre 1926, n'écrit-il pas d'Antibes à son protecteur Jacques Doucet : « [...] la seule chose qui compte pour moi, qui est qu'à travers mille ennuis quotidiens je suis continûment heureux pour la première fois de ma vie[1] » ?

Nous comprenons par le développement donné ici à Nane la profondeur du paysage amoureux ; derrière la femme aimée se déploient un pays et

1. Aragon, *De Dada au surréalisme. Papiers inédits 1917-1939*, édition établie par Lionel Follet et Édouard Ruiz (Gallimard, « Les Cahiers de la NRF », 2000, p. 106).

un monde étrangers, dont elle lui ouvre la porte. Nane apporte à Louis le domaine anglais, où il s'engouffre guidé par Lewis Carroll, avec lequel il réalise un croisement qui est un chef-d'œuvre d'intertextualité ; mais les connotations mêmes de ce choix littéraire montrent dans la relation amoureuse nouée avec Nancy la part considérable de l'enfance, et d'un imaginaire teinté de burlesque. Elsa, en revanche, détient les clés du domaine russe, du monde Maïakovski et de l'immense révolution, autrement dit du réalisme. Dans les deux cas, une des preuves de l'amour c'est qu'il fait voyager, et surtout écrire.

Elsa est fortement liée par Aragon à sa conversion au réalisme, donc au principe de réalité, lui-même inséparable de la découverte d'une réalité nouvelle (l'URSS, l'orientation irréversible dans le camp communiste, une solidarité quoi qu'il advienne), qui le conduit à la reconquête de soi-même ou, mieux, à la naissance en lui de l'homme nouveau. « Il suffit d'une main que l'univers vous tienne » (p. 236) : Elsa l'a fait renaître au monde, comme le répétera *La Mise à mort* (1965). Plusieurs poèmes insistent sur « cette sorte d'accouchement » (p. 184) ; d'où le pathos de la possible mort de celle-ci, évoquée dans le poème, encadré d'extraits du sonnet

267 de Pétrarque et consacré à la péritonite qui, en 1938, faillit en effet l'emporter : « Je me disais je meurs c'est moi c'est moi qui meurs » (p. 205).

Il ne serait pas difficile de déceler dans cet amour d'Elsa, progressivement élevé au mythe depuis *Les Yeux d'Elsa* (1942), la ruse d'un certain narcissisme, qui ne va pas sans masochisme[1]. Elsa n'appelait-elle pas celui qu'elle était supposée ainsi mettre au monde « mon petit » ? Il faut noter que son prénom se dit *Ella* en russe, homonyme des initiales de Louis Aragon : elle c'est lui, Louis. Et l'on relève de fait, au fil des poèmes, une persistante identification d'Aragon à Elsa.

Mais Aragon sait aussi, face à Elsa comme à ses camarades du Parti, que lui-même exige d'elle et d'eux plus d'amour qu'ils ne pourront lui en donner : son drame, comme le confia curieusement Nancy Cunard à sa biographe, fut d'être trop *demanding*. Il attendait trop, ou tout — l'infini toujours, en réponse à quoi « on ne peut t'aimer tu le sais que des lèvres » (p. 179)...

Le vers du poème consacré à l'éventuelle disparition d'Elsa résume l'aliénation de l'amoureux transi : l'aimée (pas seulement Elsa) lui fut « plus soi que soi » selon la formule des mystiques ; il avait peu d'individualité ou de substance propre à opposer

1. Voir Dossier, p. 230 (W. Babilas), et aussi Daniel Bougnoux, *Vocabulaire d'Aragon* (Ellipses, 2002), particulièrement la première entrée, « Aimer » (p. 5-16).

à l'autre, et c'est cette dépendance qu'expriment également son amour courtois, sa conception chevaleresque et sa fameuse « morale de l'honneur ». Aragon s'intéressa aux autres jusqu'à les incarner passionnément; mais cet altruisme exagéré, ressort de sa création romanesque, forgea aussi les chaînes de sa dépendance amoureuse, et politique.

SURRÉALISME

Aragon quitta irrévocablement le surréalisme en mars 1932, mais il l'avait depuis cinq années au moins discuté et critiqué (comme on voit par le *Traité du style*, dont la rédaction date de 1927); ce mouvement, qu'il vécut comme une expérience d'envergure portant sur les pouvoirs du langage poétique et de l'imagination, aura été la grande affaire de sa jeunesse, et son œuvre ultérieure ne cessera, d'une certaine manière, de s'expliquer et de dialoguer secrètement avec lui. Il consacre aux surréalistes maintes pages polémiques mais attentives[1]. Venant d'Aragon, la condamnation du surréalisme ne saurait être un geste simple, et ce n'était pas seulement par boutade qu'il faisait remarquer que dans *surréalisme* il y a *réalisme*.

Ramenée à une formule simple, cette critique tournerait autour de quelques

[1]. Par exemple dans *Pour expliquer ce que j'étais*, dans son roman *Aurélien*, dans quelques *Chroniques du bel canto* et *Chroniques de la pluie et du beau* ou encore dans *Les Yeux et la mémoire.*

thèses : le surréalisme est un individualisme (il postule un sujet irresponsable des conséquences morales ou sociales de ses productions), un idéalisme (le mot précède la chose, et se développe hors référence), un narcissisme (le sujet traite le monde en miroir, et il postule à des degrés variables une certaine toute-puissance de ses représentations)... On comprend que sur de pareilles bases le rendez-vous avec la classe ouvrière et la révolution bolchevique ne pouvait qu'être manqué. En stigmatisant la position orphique du poète, Aragon écrit par exemple (contre les émules de Breton) : « Le chant ne remue pas les pierres [...] / Le mot ne vient qu'après la chose » (p. 113) ; mais sa critique ressuscite également une complicité persistante, par exemple aux pages 80 à 88, qui nous font assister à une scène d'écriture reconstituant le surréalisme dans sa pragmatique, son histoire et sa sémiologie. L'autonomie de la parole, la dictée de la pensée ou l'*automatisme psychique pur* par lesquels les surréalistes jouaient aux démiurges ou aux mages se ramassent ici en une formule, *ténèbre-mère* (p. 81). Mot admirable et réversible, venant de celui dont la mère fut ténèbre !... À cette nuit native, lui-même opposait déjà, dans les années vingt, une philosophie davantage inspirée des Lumières. Cette constante intelligence critique, par laquelle Aragon doubla sa création, s'exerce tout au long du *Roman inachevé* dans les affleurements d'une ironie à soi-même appliquée; contrairement à Breton, Aragon refusa toute sa vie de poser au mage, il tenta dans une quantité innombrable d'essais d'expliquer le mystère poétique, et plusieurs poèmes ici même moquent cruellement le style gens-de-lettres, rimailleur ou rêveur inspiré. La page 83 relie tout cela au stade du narcissisme, comme si celui-ci se trouvait à présent dépassé. Le procès du surréalisme tourne autour de ce que *créer* veut dire (p. 113) : pour le champion du réalisme, l'écriture ne saurait être une activité séparée, d'où le frayage de la question du destinataire. Au surréaliste solitaire, Narcisse prisonnier d'une chambre de miroirs et d'échos, toujours suspect d'inconséquence, Aragon oppose désormais le réaliste solidaire, qui écrit en connaissance de cause et de conséquence. Tout son effort normalisateur et pédagogique tend à rejeter du côté de l'enfance de l'art ces « curieux musiciens [...] qui pensent par allitération », comme lui-même dit des surréalistes dans *Chroniques de la pluie et du beau temps*[1]. Mais cette enfance resurgit ici même, et brouille la marche ascendante de l'Histoire. Toute la période de la guerre froide (l'après-guerre parallèle aux années vingt méritait-elle mieux?)

1. EFR, 1979, p. 160.

se trouve évoquée, « Pour tout oublier » (p. 216), en poèmes inspirés d'une activité surréaliste purement verbale ou automatique. Comme Desnos, Aragon s'abandonne aux plaisirs de la rime ou d'un langage « à rebours », où toute référence se dissout. Où la mise à plat, en plan, en ligne de l'Histoire s'avère intenable. Le désordre et les cris de souffrance qui traversent le texte sonnent le glas des grands partages.

Aragon ne s'adresse pas directement à André Breton dans ces pages, et nous ne savons pas si celui-ci voulut seulement les lire ; depuis leur séparation de 1932, le chef du surréalisme s'est montré beaucoup plus hostile envers Aragon qu'Aragon envers lui ; à la mort de Breton (septembre 1966), il lui consacrera dans *Les Lettres françaises* une longue reconstitution de ce qui noua leur amitié, et ces deux textes ont été réunis depuis en volume[1]. En 1956, pourtant, il n'évoque nommément du surréalisme que les morts : Eluard, qui l'avait rejoint dans la Résistance puis au Parti (ici évoqué p. 93), Desnos, prématurément mort en déportation (p. 94 et 217), et surtout Pierre Unik, cosignataire en mai 1927 de la déclaration « Au grand jour », par laquelle cinq surréalistes, Aragon, Breton, Eluard, Péret et Pierre Unik précisaient les conditions de leur adhésion de janvier au Parti

1. *Lautreamont et nous*, Toulouse, Sables, 1992.

communiste ; la disparition tragique de ce dernier dans les montagnes de Slovaquie, aux premiers jours du printemps 1945 et de la libération des camps, est ici longuement relatée, ou plutôt reconstituée en imagination dans le poème « Le prix du printemps » (p. 211-215).

GUERRES

Quel lecteur d'Aragon fut, comme lui, engagé dans deux guerres — sans compter la guerre froide ? Cette expérience des combats donne à son œuvre une grande profondeur de compassion, mais elle risque aussi de rendre celle-ci anachronique, à notre époque dominée par l'individualisme consumériste et le bavardage moral. Nous risquons de ne plus rien comprendre à « ce monde blanc et noir » (p. 177) ; surtout, nous reprochons à Aragon de s'être battu dans le mauvais camp, et d'avoir trop sacrifié aux chaînes de l'utopie. Depuis quelle tranquille retraite nous permettons-nous cependant de le juger ? Aragon fut un militant, c'est-à-dire étymologiquement un *soldat*, et plusieurs de ses œuvres, *Aurélien, Les Communistes, La Semaine sainte, Le Fou d'Elsa...*, montrent son goût réel de la chose militaire, assez rare en littérature pour être relevé. Dans notre roman, la Grande

1. D'où Léo
Ferré tira l'une
de ses meilleures
chansons.

Guerre se trouve évoquée en plusieurs
poèmes, dont le célèbre « Tu n'en
reviendras pas » (p. 63)[1] ; mais c'est
surtout la première des trois proses
qui brise en miettes la verrerie du vers,
en y lâchant brutalement le « monstre
dont nous sommes sortis la guerre »
(p. 56), pour tenter d'exprimer dans
un désordre primaire, sur un rythme
soudain haletant, l'horreur du traumatisme ineffaçable : « j'ai vu la Woëvre à
tombe ouverte j'ai vu la Champagne
dépouillée de gencives sur ce ricane-
ment de squelette [...] » (p. 57).

Comme Bérénice découvrant d'où
vient Aurélien, nous comprenons à lire
de telles pages qu'Aragon et la guerre
sont liés inextricablement, ou qu'il
nous faut passer par elle pour le comprendre lui ; la « Parenthèse 56 » ne dit
pas autre chose : « La guerre mais la vie
a-t-elle été rien d'autre que la guerre »
(p. 54), reprise en écho par l'un des
poèmes les plus noirs de notre *roman* :
« Et c'est comme à la guerre il faut que
je sois prêt / D'aller où le défi de
l'ennemi m'invite » (p. 176). Ce dernier texte est écrit *à charge*, Aragon y
devance les arguments de ses pires
détracteurs[2], et c'est lui que choisit par
exemple le journal *Libération* pour
illustrer à la mort du poète sa nécrolo-
gie. Or l'homme qui signe de tels vers,
bien loin d'être l'« âme serve » que cari-
caturent ses ennemis, se sera battu

2. Sur la
réception du
Roman inachevé,
voir Dossier,
p. 215
(C. Grenouillet).

toute sa vie avec une grande énergie, et sur plusieurs fronts à la fois, y compris contre son propre parti ; les combats livrés à l'ennemi extérieur ne sont pas les plus difficiles, et Aragon traversa les deux guerres avec une certaine exaltation ; il connut en revanche la tragédie quand il dut affronter l'ennemi proche, et se battre contre les siens dans une lutte tortueuse, intime, celle qui ne dit pas toujours son nom, celle qui au lieu de rassembler déchire, et qui affleure ici dans les aveux de la confusion, et de la honte.

MOMENTS SENSIBLES

Le « Je me souviens », que Georges Perec reprendra avec fortune, n'est pas mis au service d'une mémoire articulée par un récit, prise dans une continuité, mais contribue au contraire à trouer la trame du texte à coups d'irruptions sensibles, comme autant de lapsus d'une conscience captive de ses sensations, et qui retombe par elles du stade historique au stade esthétique (celui que Kierkegaard définissait par l'errance, le coq-à-l'âne ou le caprice). Notre époque postmoderne, caractérisée par « la fin des grands récits »[1], a fait un triomphe aux énumérations de Perec, qui fonctionnent en effet comme le désaveu de la dialectique, la fin de l'histoire longue et de la syn-

1. Jean-François Lyotard, *La Condition postmoderne*, Minuit, 1979.

thèse perceptive, au profit d'une pulvérisation de certitudes sensibles, toujours vraie sans doute mais sur le mode indiciel de l'empreinte photographique, ou de la carte postale. Cette tentation de la carte postale, bien présente dans *Le Roman inachevé* (p. 98) comme le degré minimal du récit ou d'une écriture pleinement historiques, n'est pas négligeable ; quoique anecdotique, laconique ou intempestive, elle touche, elle fait image, et préfigure ce que le dernier mot du poème résumera par les *paroles peintes*.

Cette page 98 n'est pas la seule à désigner ce qui n'entre pas dans le récit : le temps perdu, les moments qu'on dit vides, ou « Les Champs-Élysées un soir sous la pluie »... Les pages 111, 119 égrènent pareillement ce qui ne se raconte pas, ce qui n'est pas notable mais que pourtant la mémoire accroche. Ce problème du notable, ou du détail visuel, esthétique, avait été particulièrement dramatisé par Aragon dans le dernier texte du *Libertinage*, « La femme française ». Des notations apparemment vides, mais transcrites pourtant à l'intention de son amant par une femme trop *caressante* [1], frappaient par leurs possibles sous-entendus, elles invitaient au développement d'une intrigue, ou d'une interprétation peut-

[1]. « Sans doute est-ce un grand malheur de naître si caressante », *Le Libertinage*, *ORC*, I, p. 409.

être paranoïaque ; dans notre *Roman*, de même, quantité de notations, adjacentes à la mémoire principale ou aux événements qui font l'Histoire, rapportent le fond(s) ordinaire des jours, un tissu de rencontres banales qui n'accèdent pas au récit mais font la chair de nos expériences, le *gris* dont parle la préface d'*Aurélien* (« Le difficile, disait Paul Valéry, est de "faire le gris" [1] ») ; l'*envers du temps*, en quelque sorte, ce fonds ou ce foncier sensible sans lequel l'Histoire serait abstraite, et les romans pareillement inertes.

Homme de saisons plus que de raison, éponge mimétique, transi par les moments, les milieux, traversé d'échos de chansons, zébré d'éclairs, Aragon témoigne de nouveau ici du goût de l'éphémère dont il a fait l'éloge dans *Le Paysan de Paris* [2]... D'où le problème très particulier de réunir-réussir un roman, de l'empêcher de déchoir dans les sensations (comme *La Défense de l'infini*, roman inachevé par principe et par destination), d'éclater par la centrifugeuse de ses personnages et de ses intrigues, victime de ses sensations ou de ses tentations. Comment s'enclore, enchaîner et conclure ? Le cycle du *Monde réel* s'y efforce, et y parvient, tandis que les « romans » de la première et troisième période luttent contre cette clôture. Au cœur de l'œuvre, *Le Roman inachevé* résume et concentre

1. « Voici le temps enfin qu'il faut que je m'explique... », *Aurélien, ORC*, III, p. 6.

2. Gallimard, coll. Folio ; voir notamment la page 111.

peut-être ce problème capital de la composition.

VOYAGES, ERRANCE

On retient, à parcourir *Le Roman inachevé*, des lieux fortement identifiés, qui sont les points de capiton de la mémoire, et les capitales de l'espace comme du temps : Paris, Londres, Moscou, Venise et l'opéra tragique d'aimer, Nice et sa dérision carnavalesque dans les années de la défaite et de la première Résistance...

« Malles Chambres d'hôtel (...) » (p. 105) : entraîné par Nancy Cunard, l'auteur du *Mouvement perpétuel* (1926) pratiqua beaucoup les voyages, autour de cette date, Angleterre, Hollande, Espagne, Italie... « J'ai traversé l'Europe [...] J'ai traversé retraversé l'Europe » (p. 119-120), et la section « Le vaste monde » (p. 123). Ceux-ci figureront aussi, rétrospectivement, les symptômes d'une mobilité inquiète, d'une quête ou d'une instabilité qui se résoudra dans les bras d'Elsa. Nancy « n'aimait que ce qui passe et j'étais la couleur du temps / [...] Elle parlait d'ailleurs Toujours d'ailleurs » (p. 105) ; cette course transforme le temps en *fumée* (p. 106), le monde en théâtre ou en *décors* (dont la mention resurgit, associée aux voyages (p. 73, 84, 91, 100) et tout le poème (p. 126-

127) construit sur le refrain « Il n'est resté que les décors »). Deux types humains se dessinent, divisés par cette mobilité compulsive : ceux qui, comme Nancy, courent à la conquête illusoire de l'espace et ceux qui s'attachent à tenir ou approfondir le temps. Cette distinction est mieux que marquée, *montrée* dans « Le long pour l'un pour l'autre est court Il y a deux sortes de gens / L'une est pour l'eau comme un barrage et l'autre fuit comme l'argent [...] » (p. 124-125), où Louis veut retenir, et Nancy fuir. Aragon y évoque le projet de l'achat d'une maison en Dordogne, où il résidait avec Nancy au Grand Hôtel de Souillac, à la fin juin 1926, qui marqua le plein été de leur amour. Or ce poème fait ce qu'il dit, en figurant par la typographie la rétention et la stase des amants, dans les petits tercets centraux de pentasyllabes, encadrés par les deux strophes de vers de seize syllabes, qui opposent également l'eau morte de la *mare* à la rivière vive. Cette mare où l'amarre, l'amour, la rame et le roman anagrammatisent de plusieurs façons la pause amoureuse suggère aussi l'identification de cette immobilisation à la mort; l'amour, au moins celui de Nane, ne connut ainsi nul repos, pris dans le dilemme d'une possession-prison (poème court du tête-à-tête des amants) ou d'une course-poursuite

1. Pour
une analyse
plus détaillée
de ce poème,
on lira l'article
de Daniel
Bougnoux,
« Le poète fait
ce qu'il dit »,
*Recherches
et Travaux* nº 47,
« Rêve et poésie »,
en hommage
à Jean-Charles
Gateau,
université
Stendhal-
Grenoble-III,
1994. Un extrait
en est présenté
dans le Dossier,
p. 234.

(strophes longues de la séparation), pareillement mortifères[1].

Le Roman inachevé insisterait moins sur les voyages inutiles des années vingt, peut-être, si ceux-ci ne se trouvaient bornés par le grand voyage qu'il fit en Russie d'août à décembre 1930, avec Elsa, pour soutenir sa sœur Lili après le suicide de Maïakovski (survenu en avril). Ce séjour, évoqué dans l'ample poème qui inaugure la section « Cette vie à nous » (p. 185-188), marqua un tournant capital dans la vie d'Aragon ; il en profita en effet pour se rendre au congrès de Kharkov en novembre, à la suite duquel sa position dans le mouvement surréaliste devint intenable et aboutit à la rupture de mars 1932. Or notre poème ne dit rien de la péripétie de Kharkov, ni de l'affaire du poème « Front rouge » qui en résulta, et auxquelles toutes les histoires du surréalisme font un sort ; Aragon préfère évoquer ou convoquer précisément le fantôme de Maïakovski, l'extrême dénuement de la vie moscovite, mais surtout la rencontre d'une *famille*, et d'une fraternité physique, d'une solidarité éperdue envers « ceux qui saignent de tenir une pierre un câble une corde » ; avec la cadence des vers de seize syllabes, il relate comment, à leur contact, il bascula « de l'autre côté du monde », comme dit le roman *Les Voyageurs de l'impériale* du petit Pascal, juché sur la montagne au-dessus de Sainteville... À ceux qui lui font toujours grief d'avoir, à son retour, trahi la fidélité aux surréalistes, Aragon redira, dans le poème consacré à Pierre Unik (p. 212), comment cette décision de « la plus difficile minute » les emporta tous deux « du côté de l'avenir »; et il expose ici clairement ce que lui apportèrent alors Elsa et ce voyage de Moscou, comme un point final mis à la course folle des années Nane : un pays, un peuple, une famille, une cause, « un langage de plein midi » (p. 183), en un mot qui résume une bonne part des combats d'Aragon : l'*avenir*. Nane pouvait comme on dit « faire des histoires » mais elle ne faisait pas l'Histoire — même si, au-delà de leur liaison orageuse, elle témoignera d'une solidarité active avec la cause des Noirs américains, et celle de la République espagnole. Aragon fréquenta Nancy au-delà de leurs ruptures; il se rendit en particulier à La Chapelle-Réanville, dans la maison du Puits-carré où elle avait installé une presse à imprimer et une maison d'édition baptisée « The Hours Press », sur laquelle il tira lui-même les pages de sa traduction de *La Chasse au Snark* de Lewis Carroll, en avril 1929. Elsa put concevoir quelque jalousie des visites que Nancy continua de lui faire, notamment dans son bureau de directeur du quotidien *Ce soir*, avant de connaître une fin assez misérable, à Paris, en mars 1965.

MILITANCE, ESPÉRANCES

Le Roman inachevé retrace les étapes de l'engagement progressif d'Aragon dans le Parti communiste, qui ne lui ouvrit pas spécialement un chemin de roses : l'enthousiasme religieux de ses premières lectures (« Et je traînais dans mes bagages / Quelques livres couverts de feu [...] », p. 121-122), son attente naïve d'une révolution à laquelle, comme en amour, il demandait toujours trop, d'où plusieurs vers ironiques ou autocritiques, dans « La nuit de Moscou » notamment, revenant sur l'idée de *salut* (« J'attendais un bonheur aussi grand que la mer », p. 233) ; sa difficile acceptation par un parti ouvriériste et sectaire (« Oui j'ai pleuré mais dans tes bras cette indifférence inhumaine », p. 184), les « offrandes rabrouées » (p. 179) d'un homme qui, dans sa nouvelle famille politique comme dans celle de son enfance, n'est pas à sa place, et demeure inacceptable... Sur le plan littéraire notamment, Aragon souffrit de l'indifférence avec laquelle le Parti accueillit en 1944 son roman *Aurélien*, mais aussi de l'échec relatif de l'énorme entreprise des *Communistes*, que ses destinataires naturels ne surent pas apprécier à sa juste valeur — pour ne rien dire des avanies ou des querelles suscitées par ses choix éditoriaux à la tête des *Lettres françaises*. Un poème comme celui des pages 183-184 subordonne étroitement la cause politique à son amour d'Elsa : « Je n'ai rien fait que par toi que pour toi pour l'amour de toi / Rue Didot les tracts distribués à la Belle Jardinière »..., mais cette déclaration n'est pas isolée : militant par amour, Aragon érotise la cause et ne fait rien que « par Elsa, » et cette confusion de l'amour avec la politique va lui servir, au fil du texte, à camoufler ou à englober les malheurs de la seconde dans un très général et pathétique *malheur d'aimer*. Il supporte les rebuffades du Parti comme celle de l'amoureux courtois, courbé au service de sa Dame ; sous la figure du militant, plusieurs textes nous laissent entrevoir l'enfant *collant* à sa famille, et réagissant à la persécution par un surcroît de fidélité.

Toutes ces péripéties pourtant, qui pourraient écraser sa parole, nourrissent un sous-texte tortueux et la contrebande d'un opposant de l'intérieur. Il faut maintenant parler de ce dont notre *roman* n'ose pas traiter, ou de ce qu'il *murmure*[1] à mots couverts.

1. « Murmure » est le titre du premier des trois contes de « La chemise rouge » insérés dans *La Mise à mort* (1965). Daniel Bougnoux l'a commenté au colloque *Aragon politique* (ERITA, 2004), « Staline, Hamlet et Caroline-Mathilde dans la chambre obscure ».

LE NON-DIT

DIRE ET MONTRER

En marge de ce que dit le poème bouillonne la part considérable du non-dit. Or celui-ci ne concerne pas que le refoulé. Pour suivre une distinction familière posée par le philosophe Ludwig Wittgenstein, nous commencerons par séparer du *dire* le *montrer* : par exemple ici la taille respective des parties, et des sujets abordés, « montre » quelque chose des choix aragoniens ; de même, quelques aspects *plastiques* de la mise en pages semblent rapporter la poésie à l'art de peindre selon l'adage fameux d'Horace, *ut pictura poesis*, et rapprochent l'énonciation poétique du tableau : c'est ce qu'Aragon lui-même, après Charles d'Orléans, appelle — et c'est le dernier mot ou le *desinit* du poème — « mes paroles peintes ».

Un texte comme « Le long pour l'un pour l'autre est court » (p. 124-125) élève la figuration typographique au niveau d'un calligramme d'Apollinaire ; mais, surtout, l'irruption de la prose parmi les vers, notamment la tempête de mots déchaînée par « Parenthèse 56 » (p. 56-59), puis l'irruption de « Ô forcené... » (p. 178-180) montrent pareillement, au-delà ou en deçà de toute explicitation verbale, l'explosion du traumatisme (la guerre), ou d'affects impossibles à contenir (le désespoir, la honte, les tourments de l'amour-mendiant[1] et les sursauts pathétiques d'une conscience irrémédiablement blessée). Parce que *Le Roman inachevé* est pleinement un poème, jusque dans ses trois proses, le travail de sa forme est fortement signifiant, et les choix métriques, rythmiques, formels que nous analysons *infra* (section IV) y font toujours sens, ou symptôme.

BROUILLAGES ET IMPASSES

Aucune « autobiographie » n'est tenue de tout dire, mais on ne manque jamais de lire ces ouvrages en cherchant ce que l'auteur nous cache, ou en soupçonnant ce qu'il met en avant de sa vie pour masquer d'autres événements, moins avouables. À quelle synthèse obéit le rassemblement de ces poèmes, à quel principe de liaison? Aragon coupe arbitrairement, il écarte d'énormes pans de son histoire : peu demeure de la Seconde Guerre mondiale, très peu de la guerre froide. Le souvenir abonde autour des années dix et vingt, un peu moins pour les années trente, les quinze suivantes sont expédiées en quelques pages. Pourquoi ce privilège de la mémoire ancienne?

Parallèles aux effets de réel chers à

1. Rôle distribué au docteur Decœur, l'amant rabroué et dépressif de Rose Melrose dans *Aurélien*.

Roland Barthes, on trouve chez ce poète réaliste des opérateurs d'irréel, ou de débrayage. Les deux poèmes sur la halte de Couvrelles (p. 68-71) provoquent l'hypothèse hallucinante « Si j'étais mort, » formulée par ailleurs dans l'épisode final des *Communistes*, qui relate Dunkerque[1]. L'écriture d'Aragon débouche alors sur le comble de l'illusion, comme si la vie était vue depuis l'outre-tombe, une singerie de l'enfer devant son miroir... L'hypothèse est à prendre au sérieux, dans la mesure où, d'une certaine manière, l'auteur est mort plusieurs fois au cours de sa longue vie, et qu'ici même maintes pages du *Roman inachevé* multiplient l'allitération entre Aragon et agonie : « Il y avait devant la croix fichée en terre une bouteille / Dedans une lettre roulée à mon adresse Était-ce vrai / Si c'était moi Si j'étais mort Si c'était l'enfer... » (p. 70). La rencontre demeure toutefois invérifiable[2]. Cette méprise a pour origine la journée du 6 août 1918 évoquée dans le poème « Secousse » de *Feu de joie*, où le jeune médecin auxiliaire se trouva trois fois enterré par le souffle des bombes ; sa vareuse servit à identifier le corps déchiqueté du blessé qu'il soignait, par la lettre qu'on trouva dans sa poche, et qui était (mais ce détail répété par Aragon à Daniel Bougnoux est sans doute trop beau pour être vrai)

1. « Peut-être ne sommes-nous jamais revenus de Dunkerque et, notre vie, ce sont des fantômes qui l'ont à notre place vécue [...]. Moi, celle qui m'attend ne m'attend plus : elle sait, elle sait, elle, que, moi, je suis vraiment mort », *ORCr*, XXVI, p. 249-250 (ajout de 1966, passage absent de la version originale).

2. Roselyne Waller a tenté de documenter cet épisode dans sa communication « Couvrelles comme métaphore » au colloque *Aragon et le Nord*, Presses universitaires de Valenciennes, 2006.

de Guillaume Apollinaire. Quoi qu'il en soit de la péripétie qui soutient ce poème, la rencontre est des plus fantastiques, et jette un trouble sur tout l'effort de l'écriture et de la mémoire.

Or il y a d'autres degrés dans l'erreur, ou le soupçon touchant, dans ce *Roman*, la véracité du récit. Par exemple dans la section « Les mots m'ont pris par la main », le poème « Ici commence la grande nuit des mots... » (p. 83) décrit avec exactitude l'un des démons familiers d'Aragon, l'inflation verbale, la tentation vertigineuse des phrases ici rapportée à la pratique dadaïste-surréaliste de l'écriture automatique ; ce démon des mots se trouve donc localisé, cadré ou surveillé par une période de son histoire, nécessairement dépassée à l'heure où lui-même la décrit ; dans cette vision hégélienne ou dialectique du progrès, l'individu meurt pour renaître, il donne un sens à son expérience, à sa vie. Mais, dans l'histoire d'Aragon, le dadaïsme se laisse-t-il si facilement borner ? La confidence si juste du poème « Après l'amour », « Toute musique me saisit » (p. 154), ne dit-elle pas au contraire, au présent de l'énonciation, le risque permanent d'inflation qui mine sa parole ? Ce torrent ou cet excès ne concernent pas que la saison dada à Paris, au commencement des années vingt, il menace en permanence d'effondrement la véracité du *Roman*, mais il constitue aussi sa force d'enchantement — y compris pour l'auteur. Chaque fois que la parole s'affranchit dans « la jungle des jongleries » (p. 83), plus rien n'est vrai — comme après Couvrelles — et nous entrons en pleine magie.

Dans *Les Yeux et la mémoire* déjà, après les longues tirades lyriques adressées au Parti, Aragon se reprenait sobrement, comme dégrisé de son démon : « Vous direz que les mots éperdument me grisent [...] [1]. » Ce risque structurel d'ensorcellement, et d'autoréférence poétique quand la virtuosité tourne sur elle-même, s'aggravera dans les textes de la troisième période, et *Blanche ou l'Oubli* sera largement consacré à examiner les contradictions d'un médium, le langage, sans lequel on ne peut dire l'Histoire mais qui peut, s'emportant lui-même, brouiller celle-ci inéluctablement. Dans *Elsa*, de même (1959), on lira par exemple : « Je ne suis plus l'écho que de mon avalanche / Ce langage qui roule avec lui ses galets [2] » ; et dans *Les Poètes* (1960) : « Je ne sais ce qui me possède / Et me pousse à dire à voix haute [...] [3] ».

En deçà de toute finalité du chant, il faut compter avec sa pulsion, dévorante, qui exproprie littéralement son auteur ou son porteur. Le charme du *Roman inachevé* est de maintenir l'équilibre : le démon des mots y est clairement cerné et dénoncé, sans occuper toute la scène — comme ce sera le cas, et le défaut, du tardif

1. *OP*, V, p. 280.

2. *Elsa*, Gallimard, 1959, p. 124.

3. *Les Poètes*, Gallimard, 1960, p. 15.

Théâtre/Roman. Ce roman-ci demeure malgré tout historique-biographique, et plus réaliste que métalinguistique.

Mais, s'il nous explique comment un homme vient au monde, il montre aussi comment le monde disparaît, ou comment la conscience peut s'en passer. Le souci majeur devient d'arrimer l'existence individuelle à celle d'autrui (par l'amour, par la solidarité politique) pour conjurer ce risque, et pour ancrer ainsi la conscience dans le réel, au-delà de la médiation douteuse des mots. Toutefois, plusieurs pages soupçonnent la vie de ne pas se laisser facilement écrire, ou de se trouver déjà écrite dans le rêve d'un autre : la médiation de la littérature et une intertextualité étendue — nous y reviendrons — servent à déchiffrer l'événement ou la vie, par exemple la rencontre avec Londres (p. 99-100), « reconnue » à travers le prisme des lectures de l'auteur, Apollinaire, Dickens ou Shelley, ou le séjour à Odessa (p. 189-190) à travers ce qu'en dit Pouchkine. Ces remémorations douteuses sont donc régulièrement ponctuées d'interrogations touchant l'arbitraire de la mémoire et les caprices de la perception ordinaires : « La lumière de la mémoire hésite devant les plaies [...] Ah sans doute les souvenirs ne sortent pas tous de la bouche / Il en est qu'une main d'ombre balaie » (p. 95), ou encore : « Quel choix préside à mon vertige » (p. 101).

SECRETS

La famille tisse une solidarité d'autant plus éperdue qu'elle a d'abord manqué au jeune Louis. Le trauma primitif laboure tout le texte du *Roman inachevé*, des confidences échangées entre l'enfant et celle qui se fit jusqu'en 1917 passer pour sa sœur, aux imprécations du « forcené ». Il arrivait au vieil homme d'en plaisanter : « Le roman familial? J'étais aux premières loges! » (conversation avec Daniel Bougnoux).

Mais il savait surtout, et l'ensemble de notre texte en témoigne, combien le sabotage de l'enfance est irréparable. Aragon fut de ces écrivains qui pour écrire, ou simplement exister, doivent adhérer passionnément. Il ne se fit pas faute d'appliquer au Parti la métaphore familiale. Autrement dit, de mélanger la politique et l'amour. Le Parti lui fut donc cette famille qu'en effet il avait eue — pleine de mensonges, de silences et de drames refoulés. Quand on demande comment Aragon put endurer dans son parti pareille position, on raisonne à l'envers, comme si les malheurs de la politique dédoublaient un homme supposé droit et simple. Il y a trois façons de réfuter cette question : en répondant que cette politique fut toujours ou globalement heureuse (nous savons que c'est faux) ; qu'Aragon souffrait de ce dédoublement, et c'est encore faux, sa vie démontre qu'il l'a choisi et qu'il en a remis... Reste la troisième hypothèse, à savoir que son engagement lui offrit non la solution de ses contradictions intimes, mais une façon de les objectiver, de les répéter et de les étendre à la taille de l'Histoire et des appareils qui la font. D'autres vivent dans l'unité, ou la recherchent. Lui aura chéri la déchirure, qui lui rappelait quelque chose. Comme si la compulsion de répétition (du trauma) constituait le degré zéro de sa symbolisation, ou un premier essai de réparation.

Aragon aura entretenu ce théâtre catastrophique, tragique par excellence, s'il est vrai que la tragédie porte sur les liens familiaux, et qu'elle entrelace jusqu'à les confondre l'amour avec la haine. « Et le pis est qu'à tous les pas je heurte contre ce que j'aime » (p. 54) ; ce passage est glosé plus loin : « et le pis est que la déchirure passe par ce que j'aime... » (p. 58). Ce *double bind* est un trait familier, bien repérable dans les familles, où l'on ne peut sauter hors d'un système auquel on s'identifie. De même, au risque de saccager sa mémoire, Aragon mit toutes ses raisons de vivre et de mourir dans certains liens, auxquels il demeura aveuglément fidèle, *double* toujours, et *blind*, pour sauver sa famille tout en étalant ses plaies.

INDICIBLE ET CONTREBANDE

C'est donc l'enfant autant que le militant qui peut témoigner par la bouche d'Aragon : « Je suis le prisonnier des choses interdites » (p. 176). Pris dans la contradiction à la fois de dire et de ne pas dire, il ne peut que *murmurer*, ou déplacer le drame par le détour du langage amoureux (p. 58)... Les cris de souffrance de cette prose qui coupe et disperse le chant ne concernent guère l'amoureux d'Elsa, même si celui-ci pratique le masochisme et se complaît dans la jalousie paradoxale qui s'étalera dans *La Mise à mort*; cet homme bafoué dans son amour représente bien davantage le militant, et tout *Le Fou d'Elsa* sera construit sur cette identification des deux rôles, et la bascule entre l'amour et la politique. Si Elsa, comme l'explique à satiété *Le Roman inachevé*, a fait de lui un communiste, si donc les voies de l'amour et de la politique, convergentes chez tout militant, se sont pour lui étroitement mêlées dans la figure mythique baptisée Elsa, le temps du désenchantement révolutionnaire peut s'exprimer en cris de souffrance amoureuse.

La visée de la contrebande dès lors a changé de camp ; c'est à l'intention de ses camarades les plus proches qu'il faut taire son désespoir, pour ne pas les désespérer à son tour, ni « agir comme un briseur de grève » (p. 188) — un briseur de rêve. Geneviève Mouillaud-Fraisse, dans sa contribution au colloque *Aragon 1956*[1], a débrouillé cet écheveau du *dire et ne pas dire* qui travaille notre texte, ou plutôt, par glissement progressif, du *dire qu'on ne dit pas* : il arrive à Aragon de dramatiser son silence, en le matérialisant ici par des points de suspension, aux occurrences nombreuses : les trois lignes de pointillés de la page 118 suppriment l'alternance des rimes masculines-féminines, pour signifier l'absence de réciprocité et le dépareillement dans le couple qu'il forme avec Nancy ; deux lignes de pointillés (p. 147) « montrent » la tentative de suicide de Venise ; celles des pages 206-207, où les points vont en augmentant comme pour accroître le poids du silence, encadrent l'évocation d'une guerre qui, malgré son nom, n'eut rien de drôle, et où Aragon eut à endurer l'intenable position faite aux communistes par le Pacte germano-soviétique d'août 1939, avant de connaître de près le mortel péril de Dunkerque ; et

1. G. Mouillaud-Fraisse, « 1956 ou l'indicible dans *Le Roman inachevé* », in *Aragon 56*, Actes du colloque d'Aix-en-Provence [1991], Publications de l'université de Provence, 1992. Voir Dossier, p. 236.

que dire de la Libération, évoquée en quatre lignes doublées de six lignes de pointillés (p. 210)? Cette amère brièveté est là pour nous rappeler qu'elle apporta au communiste la désillusion des espoirs révolutionnaires nés de la Résistance, et le retour aux jeux anciens.

Les critiques du *Roman inachevé* — et Étiemble dans sa préface à notre édition — ont généralement glosé le poème « La nuit de Moscou », qui offre en effet, avec sa première partie publiée en janvier 1955, et la seconde vingt-deux mois plus tard, une vue assez claire de la distance alors prise par Aragon avec les mensonges de l'utopie, mais aussi la mesure de sa fidélité. On a moins souligné peut-être la sortie religieuse, ou par le haut, tentée par Aragon dans ses dernières strophes : la défaite apparente du Messie, la consumation de l'âme au feu révolutionnaire, la souffrance rédemptrice, le retournement du désastre en victoire... (p. 233-234).

Cette issue religieuse gagnera en ampleur et en précision dans *Le Fou d'Elsa*, en excédant l'un par l'autre et en couronnant trois niveaux : le drame politique s'y trouve recadré par le drame amoureux, où il arrive que qui perd gagne ; mais cette issue même fonde la certitude du croyant qui s'abîme dans l'amour de Dieu, et dont la renaissance mystique passe par la destruction et l'anéantissement des buts du *vieil homme*. Le

Fou ou le Medjnoûn, en endossant les trois rôles, également suppliciants, de l'amoureux bafoué, du mystique et du poète inspiré, subsume l'échec et sublime les déchirements politiques d'Aragon dans une figure transcendante à toute Histoire. La chute de Grenade sert de métaphore à la chute du communisme et de l'espérance révolutionnaire, mais Aragon ne pouvait le dire en clair, et si tout ce grand et si beau poème peut se résumer d'une formule, *on perd un royaume*, Aragon eut soin d'embrouiller méticuleusement le véritable objet de cette perte.

La contrebande connaît d'étranges détours dans *Le Roman inachevé*, par exemple avec le poème chanté sous le titre « Les Fourreurs » par Léo Ferré, et consacré à la mise en vitrine et à divers types d'escrocs : « C'est un sale métier que de devoir sans fin / N'étant coupeur de bourses / Bonneteur charlatan monte-en-l'air aigrefin / Vendre la peau de l'ours » (p. 220). Comment comprendre ce développement cocasse si l'on n'entend, à cette place, *Vendre la peau de l'URSS* ? La strophe suivante écrit, à la rime, le mot *FURS*, comme pour entretenir l'homophonie, et souligner la contrebande.

Plus tragiquement, le ou les poèmes de 1956 inaugurent cette littérature de nœuds gordiens dans laquelle Aragon ne cessera d'exhiber ses liens, amoureux, politiques, et de montrer le drame de la pensée captive, en disant aux bons entendeurs — car les textes demeurent cryptés — qu'il ne peut pas tout dire, qu'il se bâillonne lui-même, qu'il chante comme le Medjnoûn dans les flammes ou les liens, ce qui donnera par exemple, en plus clair et en 1963 : « Ô Medjnoûn dis-nous que rien de tout ceci n'est vrai / [...] Il a regardé l'avenir puis il a regardé les gens / Je ne peux pas murmurait-il et c'était comme toujours ce déchirement / Il se força de leur parler / Il y a des choses que je ne dis à personne Alors / Elles ne font de mal à personne Mais / Le malheur c'est / Que moi / Le malheur le malheur c'est / Que moi ces choses je les sais / [...] C'est en nous qu'il nous faut nous taire[1]. » Aragon, qui était au moment du « rapport attribué au camarade Khrouchtchev » membre du Comité central, montre ici le poète/prophète en butte à la demande de mensonge ou de chant ; le fond religieux du groupe exige l'imaginaire, et le mensonge monte d'en bas pour souder un *nous* que la vérité briserait (« C'est *en nous* qu'il nous faut nous taire »)... Ce mensonge fait la honte ou le déshonneur du poète, qui ne pourra que *murmurer* ; ou se justifier après coup au nom d'une morale de l'honneur ou de l'appartenance, supérieure à une morale de la conscience et du sujet libre théorisée notamment par Sartre, auquel Aragon ne peut alors que s'opposer.

1. *Le Fou d'Elsa*, p. 341-343.

Si, sur le plan historique, *Le Roman inachevé* se révèle fertile en interrogations et en contradictions, la difficile question de son genre est une autre expression de la même problématique fondamentale : le refus de la définition va de pair avec l'inquiétude de finir.

II QUESTIONS DE GENRE

Sur le plan générique, *Le Roman inachevé* pose de multiples questions à son lecteur, à commencer par la suivante : qu'*est* cette œuvre toute de tensions et de contradictions constituées — autobiographie ? poème ? poèmes ? roman ? Et quelle est la place même de ce lecteur, dans l'entreprise de remémoration que *Le Roman inachevé* dit être ? Ce sont des questions qu'Aragon lui-même semble se poser.

ROMAN?

1. Sur ce qu'en a dit Aragon lui-même, voir, dans le Dossier, le prière d'insérer, p. 207.

Pourquoi avoir baptisé ainsi ce poème[1] ? Par exigence de réalisme sans doute, roman étant le nom de la vie quand elle se parle. Ou se chante, mêlant à la romance une tenace volonté de fiction... D'emblée, Aragon brouille les frontières entre les genres. Il ne tient pas de journal intime, et nous savons que ses confidences tournent facilement au roman ou à la fabulation. En outre, lui-même nous interdit d'opposer trop schématiquement prose et poésie, en introduisant le mot roman dans quatre de ses titres — *Anicet ou le Panorama, roman* (1921), *Le Roman inachevé* (1956), *Henri Matisse, roman* (1971), *Théâtre/ Roman* (1974). Le titre nous invite donc d'emblée à lire le poème comme objet littéraire pluriel, nourri d'influences multiples, de rhétoriques variées. Il s'oppose doublement à la définition, en somme à l'achèvement.

L'inachevé est une catégorie normale de tout récit à visée « autobiographique »; par définition, le récit de sa propre vie, rédigé *in medias res*, contrairement à la biographie signée par un tiers, ne peut couvrir la vie de son auteur jusqu'à sa mort. Dans le cas d'Aragon, toutefois, ce mot porté en titre prend un sens particulier; on peut y entendre une allusion au roman des *Communistes*, abandonné en 1951 après mille pages par son auteur et dont l'inachèvement, aux raisons complexes, touche au drame de la relation d'Aragon avec son parti; ou encore à Alexandre Pouchkine et à son roman versifié et lui aussi inachevé, *Eugène Onéguine*, dont la référence obsède Aragon depuis le II⁰ Congrès soviétique de décembre 1954, comme l'a montré Léon Robel[1]... Mais l'inachevé du titre renvoie, fondamentalement, à l'esthétique même, voire la morale, du roman, et qui doit surtout se garder de conclure. « La bêtise consiste à vouloir conclure[2] », professait Flaubert ; Aragon médita sa leçon, particulièrement dans *Blanche ou l'Oubli*, dont la chute emprunte à la fois à *La Charteuse de Parme* et à *L'Éducation sentimentale*. Il renouait, ce faisant, avec *La Défense de l'infini*, son grand roman carnavalesque des années surréalistes. L'inachevé prend une connotation d'agonie dans ces poèmes qui tournent autour d'un corps mutilé, voire christique. Ces textes défont l'individu (étymologiquement, ce qui ne se divise pas) pour entrer dans un pluriel au-delà du nous, irréconciliable, irréductible. Cette polyphonie est du carnaval selon Bakhtine, ou du « bordel » à quoi tend le romanesque selon Aragon.

À partir de 1956 Aragon n'édifie plus, mais juxtapose. Son écriture ne fait plus *ligne* : la syntaxe devient parataxe, et ses contradictions cessent de jouer dialectiquement. Cette déhiérarchisation ira s'accentuant, jusqu'à la déglingue du dernier roman — *Théâtre/ Roman* —, dominé par la hantise de « finir ». L'horizon du communisme se trouve rabattu sur celui de la communication :

1. « Aragon et Pouchkine : de la genèse du *Roman inachevé* », *Recherches croisées*, III, Faculté de lettres et des sciences humaines de Besançon, 1991.

2. Lettre à Louise Bouilhet, 4 septembre 1850.

l'œuvre devenue métalinguistique ou « critique » interroge et confronte différents médias (écriture, peinture, musique ou théâtre). Montent en ligne des problèmes tels que l'entropie (l'oubli), l'émergence de l'ordre à partir du désordre, l'incompatibilité des codes et la sélection des transmissions sans lesquelles il n'est pas de communauté — une communauté désormais hasardeuse.

1. *Esthétique et théorie du roman*, Gallimard, 1978; rééd. coll. «Tel».

Si nous suivons Bakhtine[1], « Roman inachevé » est d'ailleurs un pléonasme puisque le roman proteste contre l'achèvement des formes idéologiques, c'est-à-dire monologiques. Le roman explore la parole des autres, son esthétique polyphonique repousse la réconciliation d'un point de vue universel; d'où le problème capital du verbe romanesque agité entre Aragon, qui défendait dans le roman une machine interréaliste, une « Défense de l'infini », et Breton, ennemi du roman, qui s'exemptait de cette mêlée pour revendiquer directement l'universel.

AUTOBIOGRAPHIE, AUTOPORTRAIT, THÉÂTRE

Cette polyphonie revendiquée sert, plus intimement, le projet « autobiographique » d'Aragon dans *Le Roman inachevé*, qui apparaît, nous l'avons vu, comme une interrogation sur les identités; celle d'un homme en quête de « l'ancienne image de [s]oi-même »

(p. 15), s'efforçant d'en rassembler les bribes et les morceaux, mais tout autant celle d'une écriture morcelée et plurielle, nourrie de « rumeurs » (p. 74, 97, 100, 119) et d'« airs qui le grisèrent » (p. 16).

L'œuvre semble alors vouloir s'élaborer, incertaine de ce qu'elle est et de celui qui la préside, sur cette tension entre singulier et pluriel, entre particulier et général, puisant dans une rhétorique ancienne pour élaborer sa singularité, cherchant dans le modèle de la poésie à pallier le désastre d'une chronologie autobiographique en fuite. En cela, elle se révélerait moins « autobiographie » — ce fameux « récit rétrospectif en prose qu'une personne réelle fait de sa propre existence, lorsqu'elle met l'accent sur sa vie individuelle, en particulier sur l'histoire de sa personnalité[1] » — qu'autoportrait, lequel « se distingue de celle-ci par l'absence d'un récit suivi[2] ». Il y a d'emblée, nous le voyons, matière à discussion. Car *Le Roman inachevé*, dans sa disposition, dans l'ordre adopté pour les poèmes, manifeste bien une volonté d'ordre chronologique, dans la structuration et le déroulement de ses trois parties, de la jeunesse à l'âge mûr de l'homme Aragon, de la Première Guerre mondiale à 1956.

1. Philippe Lejeune, *Lire Leiris. Autobiographie et langage*, Klincksieck, 1975, p. 14.

2. Michel Beaujour, *Miroirs d'encre. Rhétoriques de l'autoportrait*, Le Seuil, 1980, p. 8.

« La dimension narrative des textes est importante, comme elle l'était dans *Les Yeux d'Elsa*.

L'ordre du recueil suit étroitement celui de la biographie, pour s'interrompre en 56, avant de s'entrouvrir, au moment de se clore, sur l'avenir (celui des lendemains qui doivent chanter quand même [...]. Cet ordonnancement linéaire est interrompu par des textes qui suspendent la remémoration pour introduire une pause lyrique, moment d'interrogation sur la légitimité du souvenir ou de l'écriture, ou sur le temps lui-même, cause et finalité de ce recueil. Mais le retour sur le présent de l'écriture et sur sa légitimité est un lieu commun de l'autobiographie ; la position stratégique des trois textes, à l'ouverture de chacune des trois sections du recueil, conjoint lyrisme et autobiographie précisément parce qu'ils dépassent la circonstance en faisant retour sur l'écriture du moi et du temps ; dans nombre de textes, ce sont l'identité et la continuité d'un sujet qui sont en cause [1]. »

Aragon qualifie d'ailleurs *Le Roman inachevé* d'« œuvre plus proprement autobiographique[2] », ou encore de « tout ce que j'ai écrit de directement autobiographique[3] ». Il précise encore : « Ma biographie, elle est dans mes poèmes, et à qui sait la lire, autrement plus claire que dans mes romans[4]. »

L'énonciation proprement autobiographique, de fait, est là, dont témoignent les dédoublements de la complexe instance énonciatrice — on peut même ici parler d'« étriplement », suivant en cela une expression du narrateur de *La Mise à mort*[5] qui se découvre littéralement divisé en trois

1. Nathalie Piegay-Gros, *L'Esthétique d'Aragon*, SEDES, 1997, p. 92.

2. *Aragon parle avec Dominique Arban*, Seghers, 1968 ; rééd. 1990, p. 156.

3. *Cahiers Renaud-Barrault*, Gallimard, décembre 1968, p. 45.

4. « C'est là que tout a commencé », postface aux *Cloches de Bâle*, in *Œuvres romanesques complètes*, t. I, Gallimard, Bibl. de la Pléiade, 1997, p. 708. Voir aussi ce qu'en dit Elsa, dans ses lettres à sa sœur, Dossier, p. 204.

5. « Etriplé moi aussi » : Aragon, *La Mise à mort*, Gallimard, 1965, p. 117.

personnes. La première personne n'est assurément jamais une chez Aragon, comme l'atteste aussi la métaphore filée du thème du double, analysé précédemment.

PREMIÈRE PERSONNE

Il y a tout d'abord le JE personnage jeune, « ce jeune homme que je fus » (p. 89) sujet de verbes souvent au passé dont le narrateur évoque l'enfance et la jeunesse. Il apparaît par exemple dans les vers suivants, à l'imparfait ou au passé simple : « *J'étais*[1] en ce temps-là profondément ignorant » (p. 49), « Moi *j'apprenais* l'anatomie » (p. 50), « *J'allais j'allais* à l'aventure » (p. 139), « Longtemps *je restai* regarder » (p. 140) ; mais également au passé composé, dont l'emploi suggère que la rupture avec le présent de l'énonciation n'est pas faite et que les conséquences de l'événement sont toujours présentes à l'auteur : « *J'ai buté* sur le seuil atroce de la guerre » (p. 45), « *Je suis né* vraiment de ta lèvre » (p. 173) ; ou même, plus rarement, au présent de narration : « et moi *je balbutie* » (p. 37), « Un soir de Londres / *Je marche* dans les brouillards jaunes de Février » (p. 99).

Il y a aussi le JE énonciateur de la narration simultanée, c'est-à-dire, selon la terminologie de Genette, de

1. Nous soulignons.

la narration contemporaine aux événements relatés; c'est le JE du « vieil homme tournant ses regards sur lui-même » (p. 25). Outre l'emploi du présent de l'énonciation, l'attestent des verbes en général métadiscursifs, suggérant que le narrateur analyse son propre discours, son propre acte de reconstitution du passé. L'expression « je me souviens » (p. 20, 31, 45, 46, 61, 67, 98...) est récurrente; « Il ne reste à ma lèvre » (p. 29), « Je repasse toute ma vie » (p. 101), « je me retourne en arrière » (p. 110) ou « Je chante pour passer le temps » (p. 157) en sont d'autres manifestations.

Il y a enfin le JE du personnage plus âgé considérant le personnage qu'il est devenu, se prenant donc pour objet actuel de sa narration, par laquelle il met en perspective ce que le narrateur est devenu par rapport à ce qu'il fut; aussi les termes propres à la description — adjectifs et autres expansions du nom, verbes d'état au présent — sont-ils fréquemment employés avec ce JE : « Je *suis* le gisant *noir que rien ne désaltère* » (p. 33), « Je *me sens étranger* toujours parmi les gens » (p. 168), « Ah le vers entre mes mains mes *vieilles* mains *gonflées nouées de veines* / se brise » (p. 56)[1]. Dans ce dernier vers, on perçoit aisément à quel point le JE narrateur et le JE personnage âgé considérant celui qu'il fut sont souvent inséparables.

1. Nous soulignons.

Mais le dédoublement énonciatif dans *Le Roman inachevé* ne s'arrête pas à l'entrelacs de ces trois premières personnes[1]; dans un mouvement de dépersonnalisation révélateur, le dédoublement énonciatif se prolonge, d'une part dans la distinction d'un JE passif, sujet « produit », traversé par le langage, et celle d'un JE « maître » de son dire, acteur et producteur, « source intentionnelle »[2] de son discours.

Le premier est passif parce que, constate le poète, « Mon poème a choisi » (p. 159), parce que « C'est comme si les mots pensés ou prononcés / Exerçaient pour toujours un pouvoir de chantage / Qui leur donne sur *moi* ce terrible avantage / Que je ne puisse pas de la main les chasser » (p. 177). Ce JE « n'est sujet que d'être parlant[3] », dès lors, il est, syntaxiquement, moins sujet qu'objet : « c'est dans ce que j'aime qu'on *me* frappe qu'on *me* broie qu'on *me* réduit qu'on *m'*agenouille qu'on *m'*humilie qu'on *me* désarçonne qu'on *me* prend en traître qu'on fait de *moi* ce fou ce perdu » (p. 58); passivé, impersonnalisé (« pour passer le temps / Petit qu'il *me* reste de vivre », p. 157, « Il me faut *me* prouver toujours je ne sais quoi », p. 176, voire modalisé ou négativé, « Moi *qui n'ai jamais pu* me faire à mon visage », p. 168, « Que *je ne puisse pas* de la main les chasser », p. 177).

Toutefois, c'est le second, le « sujet

1. Sur les multiples aspects du « je » aragonien, voir dans le Dossier, p. 229, le texte d'Olivier Barbarant, « Un opéra de la personne ».

2. Jacqueline Authier-Revuz, *Ces mots qui ne vont pas de soi : boucles réflexives et non-coïncidence du dire*, Larousse, 1995, 2 vol., t. I, p. 66.

3. *Ibid.*

maître », qui semble l'emporter largement, souvent sujet fonctionnel de par
sa position syntaxique : « *Je* chante »
(p. 157), « c'est dans ce que *j*'aime que
je gémis » (p. 58). Son omniprésence
marque le désir du sujet énonciateur
de garder la maîtrise de son énonciation, mais aussi de son projet qui est de
s'atteindre par l'écriture. Cela est vivement souligné par le refrain « je me
souviens », qui accole une première
personne sujet « je » et une première
personne objet « me », sans qu'il y ait
toutefois réunification, fusion possible
des deux instances.

1. Sur un autre
aspect de la divi-
sion du « je »,
voir l'article de
W. Babilas dans
le Dossier,
p. 230.

La division du JE [1] qui ne parvient
jamais à s'atteindre tout à fait, comme
sa fragilisation en tant que « maître » de
son dire (« Mais ne suis-je pas le maître
de mes mots », p. 26), voire son impossible affirmation, est néanmoins un
aspect essentiel de cette énonciation
autobiographique.

DEUXIÈME ET TROISIÈME PERSONNES

Ce dédoublement et cette fragilisation du sujet qui échappe à sa saisie
se prolongent d'ailleurs dans l'adresse
du poète à lui-même avec l'apparition d'une deuxième personne pour le
représenter, et même d'une troisième
personne.

Cette deuxième personne TU se

dédouble elle-même, selon le même processus analysé pour JE, en TU vieil homme : « Pourras-tu finir ce poème avant que ne tombe la foudre » (p. 42), « tu es vieux le temps passe » (p. 60), « Pourquoi t'en souvient-il ? » (p. 77) et TU jeune homme : « Te voilà quelque part au mois d'août », « tu marchais le long d'un canal » (p. 89).

Quant à la représentation de soi par la troisième personne IL, « non-personne » selon Benveniste, par définition exclue du système des personnes qui parlent, elle apparaît fréquemment dans *Le Roman inachevé*. C'est un recours intéressant dans la perspective d'une impossible adhésion de soi à soi par le poète ; il témoigne d'une fracture fondamentale entre l'énonciateur et l'objet de son discours. Cette distanciation est d'ailleurs mise en scène dans le poème liminaire, nous l'avons vu, puisque celui qu'a rencontré le JE énonciateur est d'emblée donné comme objet du verbe, donc distinct du JE sujet : « j'ai rencontré/ *L'ancienne image de moi-même* » (p. 15). Cette personne objet du poème est d'abord différée par l'irruption de l'incise de la première strophe (« D'où sort cette chanson... ») et la présence du groupe nominal « l'ancienne image » dont « moi-même » n'est que le complément, puis elle est explicitée par une série de variantes de cette « ancienne image de moi-même ». Ces variantes semblent de leur côté mises à distance sous la forme d'une troisième personne mais aussi par l'usage du démonstratif : « *cette* pitoyable apparence », « *ce* mendiant accaparé... », « *cet* enfant... », « *ce* gamin qui n'était que songes » (p. 15-16), etc. Par l'usage de ce démonstratif, qui souligne certes la distance qui sépare le sujet de l'objet de son discours, le narrateur pose aussi la référence comme une évidence, il instaure ainsi une communauté de « vues » avec le lecteur, un savoir partagé ; créant de toutes pièces un univers donné comme communicable, celui de ses souvenirs, avant de s'approprier, peu à peu, chacune des images convoquées par l'apparition des pronoms personnels et des possessifs de première personne : « ce spectre de *moi* », « ce pauvre petit *mon* pareil », « *mon* autre au loin *ma* mascarade » (p. 17), dans un mouvement paradoxal de rapprochement et de maintien de la distance — maintien forcé, du fait de l'objectivation de ce JE.

LE NOM PROPRE

N'est-ce pas en vertu de cette distance à l'« image de moi-même » marquée, affichée et travaillée que le terme même d'autobiographie pose problème ? Cette distance problématique est de fait renforcée par celle que prend le narrateur vis-à-vis du pacte d'écriture propre à l'autobiographie, lequel se définit par l'identité de l'auteur et du narrateur. Pour qu'il y ait pacte autobiographique, il faut qu'il y ait identité auctoriale entre le JE narrateur, le JE personnage et l'auteur. Philippe Lejeune souligne l'importance du nom propre dans l'entreprise autobiographique. Le nom sur la couverture du livre est ce dans quoi « se résume toute l'existence de ce qu'on appelle l'auteur[1] », et par quoi l'homme qui se cache derrière ce nom assume l'entière prise en charge de l'énonciation. « Le sujet profond de l'autobiographie, c'est le nom propre[2]. » Or, si les noms propres, familiers comme « Elsa », « Marguerite, Marie, Madeleine », mythiques (« Du vieil homme tournant ses regards sur lui-même / À qui ses jeunes ans semblent Jérusalem / Et qui reproche au ciel un messie avorté », p. 25), ou historiques (« Je suis ce Téméraire », p. 29) abondent dans *Le Roman inachevé*, tout comme les noms de lieux qui donnent un cadre apparemment autobiographique au JE (« Mon adresse y fut Chez Thérèse / Treize Place des Tambourins », p. 150), le propre nom de l'auteur n'apparaît jamais... Tout au plus un lecteur averti peut-il le deviner derrière la périphrase « Et dans mon nom le rai-

1. Ph. Lejeune, *Lire Leiris*, *op. cit.*, p. 23.

2. *Ibid.*, p. 33.

sin d'Espagne » (p. 120). Autrement dit, à aucun moment Louis Aragon ne se livre explicitement, ne se donne comme identifiable à celui qui raconte (et donc assume) sa propre histoire. On peut y voir un autre indice de la difficulté pour l'auteur à s'éprouver « sujet maître » de son dire. L'écart entre le nom et l'homme est ailleurs souligné, il est donné par Aragon comme expérience fondatrice de son identité : enfant illégitime au nom inventé, à la filiation interdite, on le sait.

Nous touchons bien sûr au cœur du roman des origines d'Aragon, évoqué dans le poème « Le mot » écrit en 1942 (En étrange pays dans mon pays lui-même) :

« Le mot n'a pas franchi mes lèvres / Le mot n'a pas touché mon cœur / Est-ce un lait dont la mort nous sèvre / Est-ce une drogue une liqueur / Jamais je n'ai dit qu'en songe / Le lourd secret pèse entre nous / Te nommer ma sœur me désarme [...] / Et tu me vouais au mensonge / À tes genoux / Nous le portions comme une honte / Quand mes yeux n'étaient pas ouverts / . . . . »

Cette expérience fondatrice du nom en désaccord avec celui (ou celle) qu'il désigne se trouve confirmée lorsqu'il découvre son propre nom trouvé sur une tombe de soldat : « C'est pourtant mon nom que j'épelle » (p. 69) qui lui permet de s'affirmer dans ce paradoxe : « Je suis mort en août mil neuf cent dix-huit sur ce coin de terroir / Ça va faire pour moi bientôt trente-huit ans que tout est fini » (p. 70).

Après quoi, plus sûrement encore, « le nom se détache de ce qu'il nomme » (p. 83). On le voit, l'écart et la distance sont les ingrédients de ce poème en rupture nécessaire avec le premier aspect du pacte autobiographique. Le flottement entretenu entre l'identité narratoriale et auctoriale est sans doute à porter au compte de la difficulté éprouvée et affichée par Aragon d'accorder, sinon le mot à la chose (« La guerre, c'est la guerre allez qu'on la nomme ou non de ce nom », p. 54), du moins l'homme à son image, tout comme le sujet écrivant au sujet-objet de son écriture. Ce rêve d'accord du réel et de soi à leur représentation semble pourtant au centre de la quête du poète qui tantôt cherche « à marier les sons pour rebâtir les choses » (p. 81), tantôt « renonce à la création » puisque « le mot ne vient qu'après la chose » (p. 113), mais toujours se heurte à la « cage des mots » (p. 177).

LA SINCÉRITÉ

En tant que texte « référentiel », l'auto-biographie implique un « pacte référentiel » explicite ou implicite, dans la mesure où elle s'engage à apporter des informations sur une réalité extérieure — le référent —, ici, de prime abord, celui du nom propre de l'écrivain. Cet engagement est précisément mis en question par le poète, conscient de la désunion du signifiant et du signifié ; c'est l'un des points d'ancrage de sa poétique du « mentir-vrai », qui lui fait appeler « roman » ce récit d'une vie. Même si le terme « roman », sous la plume du poète, nous l'avons vu, n'a pas nécessairement son sens moderne, et rime plutôt avec « romance », il en use parfois dans *Le Roman inachevé* avec ce sens moderne : « Et le roman s'achève de lui-même » (p. 202).

Le présupposé de sincérité, qui est l'autre aspect du pacte auctorial autobiographique, s'éprouve avec la conscience même du caractère illusoire de la transmission d'un savoir, d'un vécu, d'une identité : « Comment ce que je sais le dire de mon mieux » (p. 21) ; ainsi l'adverbe « vraiment », par exemple, revient-il fréquemment dans le discours du poète (p. 18, 92, 149, 161, 173, 186, 236, 239) : « À quoi sert-il *vraiment* de dire une telle banalité » (p. 18) ; « Hélas il est *vraiment* parti Pourquoi Le saura-t-on jamais / Le demander serait féroce à ceux-là qui *vraiment* l'aimaient » (p. 186)[1]. Il fait partie des adverbes modalisateurs, par lesquels l'énonciateur commente son acte de parole ou d'écriture. Ici, « vrai-

1. Nous soulignons.

84

ment » signale que l'énonciateur l'assume pleinement, indiquant au lecteur que, quel que soit son avis, pour sa part il assume ce qui lui paraît être une saisie adéquate et centrée du réel (« Ma vie *en vérité* commence... », p. 172, « Je suis né *vraiment* de ta lèvre », p. 173). Ce faisant, et paradoxalement, il affirme son rêve d'une coïncidence idéale du mot et de la chose, tout autant qu'il le dénonce. La question de la vérité, de la certitude du témoignage est ainsi sans cesse reposée ou modalisée, assumée ou au contraire mise en question : « C'était vrai » (p. 49), « C'est vrai » (p. 98) ; « Je ne sais trop » (p. 24), « je ne sais » (p. 27) ; « c'est sûr » (p. 26) ; « je crois » (p. 46) ; « peut-être » (p. 60) : « Était-ce vrai / Si c'était moi Si j'étais mort Si c'était l'enfer Tout serait / Mensonge illusion moi-même et toute mon histoire après / Tout ce qui fut l'Histoire un jeu de l'enfer un jeu du sommeil » (p. 70).

La récurrence des termes péjoratifs de l'illusion, du théâtre — tels « mascarade » (p. 17), « masque » (p. 53, 145, 160, 202, 239, 241), « théâtre » (p. 52), « fard » (p. 19, 145) et « défardé » (p. 53, 146) : « Je m'en allais comme un acteur par les derniers quartiers nocturnes / Qui s'en revient mal défardé portant sous le bras ses cothurnes » (p. 146) — ou de ceux du mensonge, marque avec insistance la volonté affichée du poète de souligner son effort pour faire adhérer le mot JE au référent JE : « Arrache le masque des phrases / Et sous les velours des idées / Montre ta face défardée » (p. 53).

Mais elle souligne aussi bien le caractère nécessairement déceptif, illusoire, de l'entreprise autobiographique aux yeux de son auteur, et son impuissance à réparer la faille obligée d'un discours en quête d'un objet insaisissable.

POÉSIE, MÉLODIE

Pour autant, si Aragon, trop conscient assurément de la vanité de l'entreprise, tend à garder quelques distances avec le modèle autobiographique, il ne renonce pas à utiliser d'autres modèles génériques pour tenter d'atteindre son objet. C'est précisément le recours à la poésie et à sa logique singulière qui tend à éloigner davantage encore *Le Roman inachevé* du genre autobiographique, pour le rapprocher de l'autoportrait (régi par une semblable logique) dans la construction de son *ethos* par le poète — c'est-à-dire l'« image » circonstancielle de lui-même qu'il tend à son lecteur.

De fait, parler d'« autobiographie » dérange d'autant plus à propos du *Roman inachevé* qu'il s'agit d'un recueil de poésie, ou d'un poème, pour Aragon — c'est la transgression la plus éclatante à la définition de Lejeune[1]. Aragon donne d'ailleurs une définition de la poésie éclairante pour notre propos : « J'appelle poésie cet envers du temps », et d'ajouter que le difficile y est « le respect de la chronologie » parce que ce qu'il y met de ses passions est « *indatable* »[2]. Il avait déjà forgé, dans *Le Fou d'Elsa*, la définition de la poésie comme « consternation du temps[3] ».

ANALOGIE

En tant que genre poétique, *Le Roman inachevé* suggère en effet, nous l'avons dit, une autre logique à l'œuvre que celle, narrative, chronologique, de l'autobiographie : celle qui est propre à la poésie et qui repose sur la toute-puissance de l'image, comparaison ou métaphore : l'ana-logique.

Ce souci d'ordonnancement chronologique qui le fait « avancer » (p. 60), qui lui fait vouloir « tant arriver au bout de ce poème » (p. 54), semble bien par moments échapper tout à fait au poète : « Quel choix préside à mon vertige / Je tombe et fuis dans ce prodige / Ma propre accélération » (p. 101). Le champ lexical de la déchirure et de la brisure surgit : « On peut me déchirer de toutes les manières / M'écar-

1. Philippe Lejeune a un peu nuancé son propos, en particulier lors de son étude sur Leiris dans *Le Pacte autobiographique*, rappelant aussi l'existence de *Chêne et chien* de Queneau (1937). Mais il s'est surtout agi pour lui de montrer l'interpénétration des deux genres, leurs points d'intersection et comment chacun pouvait être le moyen de l'autre. Voir aussi sur cette question *La Faute à Rousseau*, n° 29, « Autobiographie et poésie », février 2002, et *Poésie et autobiographie*, sous la dir. de E. Audinet et D. Rabaté, Farago, 2004, Centre international de poésie de Marseille.

2. *OP*, II, p. 14.

3. « J'appelle poésie un conflit de la bouche et du vent la confusion du dire et du taire une consternation du temps la déroute absolue [...] », *Le Fou d'Elsa*, *op. cit.*, p. 25.

87

teler briser percer de mille trous »
(p. 237). La confusion l'emporte.
Alors, non seulement il « mêle au passé
le présent » (p. 89), mais encore peine
à « démêler le délire et la vie » (p. 87) :
« Tout cela me vient pêle-mêle et ne
tient pas compte du temps » (p. 242),
quand il ne constate pas que « C'est
tout le passé qui s'émiette / Un souvenir sur l'autre empiète » (p. 101). Il
s'agit alors pour lui peut-être de cesser
de « raconter cette ancienne histoire
éteinte » pour avouer « tout simplement ce que pour moi fut aujourd'hui »
(p. 54). Nous rejoignons ici la logique
paradoxale de l'autoportrait, tout
entier constitué d'accumulations, d'associations et de bribes ou de brisures.
Car celui-ci « tente de constituer sa
cohérence grâce à un système de rap-
pels, de reprises, de superpositions
ou de correspondances entre des éléments homologues et substituables,
de telle sorte que sa principale apparence est celle du discontinu[1] ». *Le
Roman inachevé,* justement parce qu'il
est somme de poèmes — et qu'est-ce
qu'« un poème de plus ou de moins »
(p. 54), demande le poète —, pose la
question de la perception qu'a l'auteur
lui-même de la cohérence de sa propre
image et de son impossible circonscription : « J'ai déchiré ma vie et mon
poème / Plus tard plus tard on dira qui
je fus / J'ai déchiré des pages et des

1. M. Beaujour,
Miroirs d'encre,
op. cit., p. 9.

pages / Dans le miroir j'ai brisé mon visage » (p. 202).

Autour de la brèche identitaire, ce premier écart qu'est l'incursion vertigineuse du discontinu et du morcelé par rapport au modèle générique de l'autobiographie et par rapport à sa logique temporelle linéaire trace la voie d'autres transgressions, élaborant un singulier *patchwork* à partir de ce sentiment d'émiettement (p. 101), de ce « joli désastre » devant « tout ce verre de Venise en morceaux » (p. 56), tous ces vers qui, parfois, se brisent (*ibid.*).

Ainsi en est-il des silences de l'oubli, du « concert atonal de l'oubli » (p. 33) qui parcourent en contrepoint le texte et dérangent le poète (« se peut-il que je vous oublie », p. 52) ou de l'inénarrable, « l'impuissance à décrire l'horreur » (p. 57), que parfois matérialisent, nous l'avons vu, les points de suspension — il s'agit de la figure de style de l'aposiopèse — ou encore du non-dit — l'inénarré, en somme, volontaire — « Tout ce qu'on a sans jamais le dire pensé » (p. 116).

Ainsi en est-il des échos d'un poème à l'autre qui suggèrent une nouvelle lecture, incitent à rompre la trame narrative linéaire et à relire l'ensemble du poème à la lumière de ces associations, comme le suggèrent par exemple le titre *L'amour qui n'est pas un mot* dans la troisième partie, écho renversé à l'un des poèmes de la deuxième partie, titré *Les mots qui ne sont pas d'amour*.

Ainsi encore des échos d'une œuvre à l'autre, œuvre d'Aragon ou œuvre d'autrui comme ce vers « Je demeurai longtemps derrière un Vittelmenthe » (p. 80), double écho parodique et au vers de Racine « Je demeurai longtemps errant dans Césarée » et à l'incipit d'*Aurélien* qui repose précisément sur ce même vers de Racine. Mais « d'où sort cette chanson lointaine » (p. 15) se demande et nous demande le poète, qui, nous aurons l'occasion de l'analyser de manière plus détaillée, exploite largement toutes les formes de résonance intertextuelle.

Ainsi enfin de la force cohésive d'Elsa à l'œuvre, « assise » désormais « au cœur du monde », au cœur du monde réel comme au cœur du monde du poète et par laquelle, nous dit-il et lui dit-il, « je ne distingue plus ce que tu dis de ce qui s'est passé » (p. 242), à partir de laquelle, une nouvelle biographie commence donc (p. 173) dans l'encadrement de laquelle le poète relit toute sa vie, et nous propose de la relire.

La mise en valeur d'une chronologie relève alors presque de la provocation ou du défi : comment cerner, arrêter, définir, ce qui échappe, ce que l'on tait, ce que l'on oublie ? Le poète peut bien tenter la mise en ordre chronolo-

gique et décider : « je me souviens »,
il n'est pas dupe de lui-même, de ce
« mensonge », de cette « illusion moi-
même » (p. 70) ni de l'effet autobiographique comme solutions pour
contrer le constat de l'absence à soi de
soi-même. C'est pourquoi il lui superpose et propose au lecteur un autre
système — une autre « mécanique »
(p. 55) — tout poétique, tout pléthor-
ique, tout analogique. Par celui-ci, il a
espoir, à défaut de s'atteindre soi-
même jamais, de parvenir à forger une
des *images* de soi, sinon plus défi-
nissantes ou définitives, du moins
dont la variété même et la variabilité
— puisque « tout change et se méta-
morphose » (p. 223) — s'efforcent
de masquer, non sans désespoir, le
gouffre de l'absence et de l'oubli.
L'image ou les « comme » de l'analogie
faisant « comme si » la brèche de l'identité défaillante pouvait être comblée.
Ainsi le poète peut-il sembler craindre
« quand je ne pourrais / Plus être moi-
même » (p. 245) — mais est-il seulement lui-même au moment où il le
dit ? —, la révélant tout autant, élar-
gie par l'écoulement du temps et le
« progrès » (p. 223). La reproduction
à l'identique de soi dans le temps est
tout aussi proscrite que l'adhésion
momentanée de soi à soi, dans un univers marqué par la temporalité et le clivage du moi.

De fait, le champ lexical de l'analogie est prégnant dans l'ensemble du texte pour marquer non l'identique mais la similitude, en somme l'effort pour rapprocher le sujet JE de son objet MOI : « ressembler » et sa famille, par exemple, balisent le texte (p. 34, 103, 142, 165, 172, 179, 180, 184, 199, 224) ; tout comme l'emploi des adjectifs comparatifs « même » (p. 96, 145, 161, 187, 212, 230-231, 243) et « pareil » (p. 17, 157, 159, 161, 174, 176, 184, 246) ; ils soulignent le travail du poète qui, pour ne pas se perdre lui-même (« est-ce encore moi-même », p. 235), tente par le jeu des associations et des parallélismes de marquer une continuité des êtres et des choses jusque dans leur changement : « Cette ville n'est plus la même après vingt ans / Et c'est toujours la même et c'est la même neige » (p. 229).

À cet égard, le premier poème du *Roman inachevé*, de par sa position, met tout particulièrement en valeur ce champ lexical, axé sur l'identité problématique du poète, et qui va se déployer ensuite pour concerner aussi bien l'identité des lieux que celle des autres : « image » (p. 15, 21), « apparence » (p. 15, 179), « semblance » (p. 16, 25, 56, 83), « pareil » (p. 17), « double » (p. 7, 97), « sosie » (p. 97).

Les comparaisons et métaphores participent par conséquent pleinement de la problématique identitaire du *Roman inachevé* et leur rôle paradoxal y est souligné à plusieurs reprises. L'image est présentée, au même titre qu'un « fard », nous l'avons vu, sous un jour négatif, fioriture ou écran, amenant précisément le nom à se « détacher » « de ce qu'il nomme » (p. 83) : « Car il ne suffit pas de soigner ses images / Et de serrer de près le sens dans le langage » (p. 25). Ailleurs, il note : « toutes les comparaisons ici paraissent inutiles » (p. 184).

Le poète a beau affirmer : « J'aurais voulu parler de cela sans image » (p. 86), sa parole, sa langue poétique ne peut échapper à l'image, qui est non seulement l'essence de la parole poétique, source de « l'enchantement du verbe » (p. 84), mais encore constitutive du langage lui-même. L'image, présentée comme un recours à la reconstitution chronologique de l'être aragonien, offre donc paradoxalement un écran à la saisie même de cette identité. Cet écran est d'ailleurs matérialisé dans la comparaison par l'outil « comme » et ses équivalents, dont Henri Meschonnic souligne le « pouvoir de retardement[1] » syntaxique, et Breton l'effet de « suspension[2] » ;

1. *Pour la poétique*, Gallimard, 1970, p. 121-122.

2. André Breton, *Signe ascendant*, Poésie/ Gallimard, 1968, p. 22.

l'image apparaît à la fois comme un moyen de voiler la vérité, de se détourner de la nomination propre, et souvent comme la seule ou nouvelle manière de faire apparaître cette vérité des choses et des êtres.

Le poème « Tu m'as trouvé comme un caillou... » (p. 174) illustre remarquablement ce paradoxe. Il accumule, dans sa logique analogique, les comparaisons et les métaphores du manque et de l'absence à soi pour dire l'identité fuyante et morcelée du poète. Il semble du reste exploiter pour cela le modèle cher à Aragon de la comparaison égarante des « beaux comme... » de Lautréamont.

L'achèvement du poème semble arbitraire, le poète aurait aussi bien pu poursuivre (« et qu'ici le chant s'arrête / *Ou là* puisqu'un jour ou l'autre il faudra qu'il s'arrête », p. 54-55), et suggère une « parole » effectivement « irréparable » (p. 175), comme l'identité de l'homme blessé, absent à lui-même, véritable « objet perdu » (p. 174). L'accumulation des comparaisons dit donc, une nouvelle fois, *et* la quête *et* son impossible accomplissement ; l'outil comparatif souligne autant la proximité de l'objet de la quête que son impossible saisie ; l'objet « trouvé » reste décidément « perdu ». Le sujet énonciateur, qui « ne peut exister que sous des habits d'emprunt et des masques incroyables », apparaît comme le paradoxal « porte-voix d'une absence et d'une pluralité », « un effort de détermination dans l'indéterminé, un souci d'appropriation au cœur même de la dépossession[1] ».

RYTHME

L'analogie est en outre génératrice d'un « rythme » singulier (p. 102, 106), spécifique à la poésie, par quoi les choses « avancent » tout de même, semblent avancer seules, impulsées différemment. Il suffit alors de « suivre le mouvement que les rimes impriment » (p. 34) : « Avance je te dis / Allez va-z-y la mélodie allez va-z-y la mécanique » (p. 60).

Face à la blessure du temps, à l'impulsion perdue de la vie, la « mécanique » de la rime, « mesure rythmique portant un travail du souvenir toujours au bord de se briser[2] », reste un véritable recours pour Aragon, un « conducteur de mémoire[3] » : « et je pose des simples sur les brûlures je propose des remèdes usés je répète les mots des anciennes superstitions oubliées je refais les gestes des rebouteux » (p. 58). Ici, se trouve la justification de la forme ancienne du poème, « remède usé », assurance d'un mécanique battement de cœur, garant

1. Jean-Michel Maulpoix, « La quatrième personne du singulier », in *Figures du sujet lyrique,* sous la dir. de D. Rabaté, P.U.F., 1996, p. 152.

2. Olivier Barbarant, « Métrique et mémoire dans *Le Roman inachevé* », in *Aragon 56, op. cit.* p. 210. Voir Dossier. p. 229.

3. *Ibid.*

d'un rythme vital, de ce rythme défini par Meschonnic comme « inscription de l'homme réellement en train de parler » « dans le langage », « comme organisation de ce qui est mouvant[1] ». En certitude alors, puisque « plus que l'énoncé compte l'énonciation, plus que le sens la valeur, plus que le signe le rythme[2] », l'emporte le mouvement même de la parole sur ce qu'elle dit, et l'énonciateur s'éprouve vivant d'être discours en action, autant dire *chant* ou poésie ; si dégradée, « banale » ou « mécanique » la « romance » soit-elle aux yeux de son poète ; si « déglingué » lui apparaisse l'« instrument »[3]. Car grâce à ce mouvement « À chaque fois tout recommence » (p. 154).

CHANT

La métaphore musicale, omniprésente dans le poème, ouvre les trois sections. Dans les mots d'Aragon, de fait, les deux termes — chant et poésie — semblent s'équivaloir : « Un poème de plus ou de moins et qu'ici le chant s'arrête » (p. 54).

Si le poème est écrit, le « chant » a en effet ceci de plus qu'il apparaît d'emblée comme un mouvement, une parole vivante — « la voix de la matière » (p. 113) — non seulement étroitement associé à la durée de la vie, puisque, nous dit le poète, « *Je passe le*

1. Henri Meschonnic, *Critique du rythme*, Verdier, 1989, p. 22.

2. *Ibid.*, p. 92.

3. Voir O. Barbarant, art. cité, p. 212-213.

temps en chantant / *Je chante pour passer le temps* » (p. 158), mais garant de la durée même de cette vie : « Il te faudra chanter jusqu'au bout » (p. 61). Le monde du poète est bien « un monde habité par le chant » (p. 171). Le « rythme », qui vaut battement de cœur (« le souffle dur de ton aorte », p. 60), nous l'avons vu, en est bien sûr un élément constitutif. Aussi le chant est-il souvent associé à des verbes de mouvement — ou, inversement, et pour être alors négativement connoté, à des verbes marquant l'arrêt (p. 54), la brisure (p. 94). Ces verbes — tels que « sortir » (p. 15, 132, 143), « venir » (p. 18), « prolonger » (p. 30), « aller » (p. 55), « entrer » (p. 75), « monter » (p. 196), « prendre son vol » (p. 197), souvent inchoatifs — suggèrent l'effusion d'une parole à la fois naissante et persistante : « *D'où* sort *cette chanson lointaine* » (p. 15). Il s'agit tantôt de « *laisser chanter* en moi ce vieil orgue de Barbarie » (p. 55), tantôt de faire repartir la mélodie : « *allez va-z-y* » (*ibid.*). Que le chant apporte son souffle vital à la poésie ou que la poésie soit définie comme parole vivante, l'écriture poétique se voit conférer un pouvoir, une magie, un « charme » au sens valérien du terme : « Ici commence l'enchantement du verbe » (p. 84).

La *chanson* semble la voie royale de la mémoire affective, et cette acoustique soutient en particulier l'amour de Nancy : « Te souviens-tu de la chanson » (p. 102), « Sur le rythme et l'accent d'un blues / Essayons de retrouver le grand air » (p. 106-107) ; c'est elle qui oriente ou repayse l'exilé : « Pour lui cette chanson semble être un rendez-vous / Ce qu'il aime cet air qui dit Plaine ma plaine » (p. 162)... Aux pages 170 (« Oublié l'air ancien »), 171, 178 (« Les chants sourds qui peuplent l'âme de fantômes de fontaines »), ou 183 (« J'entends ma propre chanson... »), l'auteur interroge cette source étrange qui le fait auteur. On ne sait pas d'où vient le chant, qui traverse comme le vent : « Toute musique me saisit » (p. 154) ; ou qui emprunte un corps aveugle, le support d'un enfant gitan : « D'où se peut-il qu'un enfant tire / Ce terrible et long crescendo / [...] C'est le cri du peuple martyr / Qui vous enfonce dans le dos / Le poignard du *cante jondo* » (p. 131).

Le roman des origines est romance : les commencements chantent (à défaut des lendemains), et sur le chant une vie peut bifurquer, se déchirer, renaître (p. 171). Mais une autobiographie en vers, travaillée par la pulsion musicale et la volonté de chant, est-elle compatible avec la vérité documentaire ? Faut-il croire à ce « chanter-vrai » ? Autoréférentiel, le chant n'est-il pas indifférent à la référence, au-delà du vrai et du faux, et le lyrisme n'est-il pas d'un autre ordre? Un exemple, cueilli dans notre poème, aiguise cette question : quel crédit accorder à cette précision, donnée dans « Après l'amour » : « Mon adresse y fut Chez Thérèse / Treize Place des Tambourins » (p. 150)? La rime et l'allitération, ici dominantes, ne recueillent certainement pas la vérité factuelle de cet épisode, mais elles fixent la tonalité joyeuse, légère d'un amour de passage, d'une ivresse éphémère des sens; ces tambourins ne disent pas tant « mon adresse » au sens du lieu, que la virtuosité d'une pièce elle-même tambourinée et qui jouit de ses propres harmoniques, en contrepoint du peuple gitan.

Or, si le chant ne se charge pas de fixer les circonstances avec une précision documentaire, il apporte en revanche une vérité du sentiment ou de l'affect peu contestable, accordée à la sincérité du pacte « autobiographique ». En bref, il y a bien une vérité du chant, du côté de la contagion émotive et du partage des passions. Les poèmes retenus pour ce *Roman* fixent des tonalités ou des « couleurs », couleurs du temps ou *Couleurs de la vie*, comme Aragon avait d'abord pensé intituler son ouvrage, des moments sensibles qui sont l'envers du temps historique et de ses actions. Être vrai ne se borne pas à raconter en respectant telles circonstances, telle chronologie..., encore faut-il exprimer ce qu'on a ressenti, fixer les retentissements variables d'une vie dans une conscience. Cette vérité du sentiment ou de la certitude sensible n'est pas discutable, ni d'ailleurs vérifiable ; sa preuve se donne au niveau de l'énonciation, elle demeure immanente à la musique des mots.

Dans ces poèmes, Aragon fixe l'histoire du cœur, c'est-à-dire d'affects qui, d'une certaine façon, ne passent pas. L'affect comme l'inconscient est *zeitlos* ou rebelle au temps (explique Freud), il peut donc revenir. Cette revenance affective est aussi le temps du fantôme et du double, lesquels hantent plus d'une page du *Roman inachevé*, en dépit de la volonté déclarée, militante, de dissiper les nuées, d'orienter sa vie, d'en montrer fièrement la progression vers la lumière. Aragon dit en rejeter la « moitié véreuse » (p. 172) — mais que faire de la moitié *rêveuse* ? Elle persiste, et refuse d'être jetée. C'est elle qui fixe les archétypes ou le « cœur profond », par exemple à Venise, ville capitale où s'accumulent les invariants du malheur et de la splendeur (p. 145-147). Il s'agit toujours, à chaque page, de faire que la vie chante, et de rejoindre par là une certaine poétique de l'amour — comme il est dit d'Aurélien et de Bérénice, à l'épilogue de leur roman : « Ils étaient la romance l'un de l'autre[1]. » Sur l'autre ou les partenaires de la romance, croisés dans *Le Roman inachevé*, nous ne mettrons pas seulement le nom d'Elsa, ou de Nane, mais de proche en proche toutes les rencontres, parfois anodines ou triviales, dont Aragon tire son chant : Paris, Moscou, les villes aimées, ou d'autres lieux plus obscurs. Il fait entrer un à un les instruments qui transforment sa vie en orchestre. Parfois il descend à la voix nue, murmurée entre les points de suspension du silence (« Quand ce fut une chose acquise », p. 209), et ailleurs monte au chœur, ou aux grandes orgues (« Vous n'aviez réclamé la gloire ni les larmes », p. 227-228)[2].

ALLER À LA LIGNE

La disposition en vers tend non seulement à constituer une mise en forme visuelle de ce qui chez Aragon fut toujours perceptible à son oreille, mais aussi à sacraliser cette parole.

Ainsi le fait d'« aller à la ligne » implique-t-il « l'entrée dans l'espace

1. *Aurélien*, *ORC*, III, p. 532.

2. Intitulé ici « Strophes pour se souvenir », ce poème consacré au martyre des vingt-trois résistants de la MOI (Main-d'œuvre immigrée) conduite par le poète arménien Manouchian avait d'abord paru, le 5 mars 1955, dans *L'Humanité*, sous le titre « Groupe Manouchian » ; Léo Ferré lui donnera le nom qui fit sa gloire universelle, « L'affiche rouge. »

1. Jean-Claude Pinson, *Habiter en poète. Essai sur la poésie contemporaine*, Champ Vallon, 1995, p. 128.

2. « Le latin *templum* vient du grec *temnein*, « couper ». Chez les Anciens, le temple était un espace délimité par la projection géométrique sur la terre d'un rectangle découpé dans le ciel, région du divin [...] en adoptant cette disposition typographique *consacrée*, le poète découpe sur ce qui lui tient lieu de ciel [...], il va faire l'épreuve vertigineuse des noces désirées avec le vide, le rien. (Laurent Fourcault, *Lectures de la poésie française moderne et contemporaine*, Nathan, 1997, p. 17.)

de la liturgie du poème, fût-elle la plus profane. Car la page du poème, dit Guillevic, est comme un autel[1] ». Aussi bien, pour Laurent Fourcault, un temple[2]. Découpant la page, « qui lui tient lieu de ciel » (« Je tresserai le ciel avec le vers français », p. 29), encadrant son indéfinition identitaire de ce cadre formel, le poète se rasserène aux limites imparties par le poème (« Tu vois la forme et la limite et déjà touches l'horizon », p. 42). Ce sont des limites toujours dépassables, certes, par le pire (« l'horreur démesurée », *ibid.*), comme par le meilleur, de même que sont débordés par le « soleil » Maïakovski « l'encadrement de la porte » et « les fenêtres » qui le voient « paraître » (p. 185), toujours à dépasser aussi, car susceptibles de changer la page en « cage » : « Cette cage des mots il faudra que j'en sorte » (p. 177).

Mais ce sont néanmoins des limites posées, assurément nécessaires à celui qui a « voulu connaître [s]es limites » (p. 120), et susceptibles enfin d'accueillir l'errance du poète « Comme à la fenêtre un brouillard qui ne demande qu'à entrer » (p. 174). Elles dessinent un autre espace, une autre géographie, non « l'espace des mers pour que son poème appareille » (p. 185), mais « un monde habité par le chant » (p. 171), un « univers » plein de « voix » (p. 29), un « charnier plein de murmures » (p. 39) vers lequel se retourne le poète nostalgique ou témoin.

Comme le suggère l'étymologie de « vers » — *versus*, le « sillon », participe passé substantivé du latin *vertere*, « tourner » —, lorsque l'écrivain utilise le vers, c'est pour mieux revenir, se retourner, faisant demi-tour au bout de chaque ligne-sillon. Ainsi le vers donne-t-il au « vieil homme » l'élan de revenir, de tourner « ses regards sur lui-même » (p. 25), « Pour *encore* une fois *revoir* les jours nombreux / Pour *encore* une fois à des bonheurs infimes / Donner cet *écho* mort qui *re*parle pour eux » (p. 33).

Dans cette perspective aussi, le retour du vers dit l'écho, l'analogie, le miroir de soi. Mais « les constants retours à la ligne matérialisent également la réflexivité du poème qui, recourbant son discours sur lui-même, en fait son référent véritable[1] ».

Ce repliement du poème sur lui-même qui se réfléchit en miroir est perceptible dans les jeux d'échos, sur lesquels nous reviendrons.

1. *Ibid.*, p. 16.

ART POÉTIQUE

L'autotélicité du poème — c'est-à-dire le fait qu'il n'a d'autre finalité que lui-même — nous intéresse également en ce qu'elle tend à en faire un art poétique. C'est en effet le processus même de l'écriture du *Roman inachevé* qui est réfléchi, mis en abyme dans plusieurs de ses poèmes.

MÉTADISCOURS

Le métalangage de l'écriture poétique, nous avons déjà pu le constater au travers du champ lexical de la musique ou de l'image, apparaît fréquemment, et, le plus souvent, pour désigner le vers même du poète : « alexandrin » (p. 57, 193), « langage » (p. 25, 28, 56, 82, 121, 141, 183, 195), « livre » (p. 14, 202), « mètre » (p. 26), « mesure » (p. 56), « mesurer » (p. 102), « ode » (p. 219), « page » (p. 199, 202), « phrase » (p. 22, 53, 59, 96, 184, 225), « poème » (p. 24, 42, 54, 56, 58, 60, 159-160, 184-185, 193, 199, 202, 217), « prose » (p. 56-58, 58, 217, 235), « refrain » (p. 17-18, 232), « rime » (p. 34, 56, 118, 219-220, 227, 239), « strophe » (p. 60), « tercet » (p. 29), « tierce rime » (p. 117), « vers » (p. 25-26, 29, 51, 56, 60-61, 80, 102, 118, 163, 183, 185, 189, 201, 229), « verset » (p. 219). Cette activité d'écriture est alors naturellement mise en scène associée au JE du narrateur et au présent de l'énonciation, qui, nous l'avons vu, dit « j'écris » (p. 25, 57) ou « je chante » (p. 156-158).

Si les remarques, les certitudes et surtout les doutes du poète sur son art sont disséminés dans tout le poème, tantôt pour annoncer sa fidélité au « vers de Dante » et à la « soie ancienne des tercets » (p. 29), tantôt, on l'a noté, pour s'en prendre aux images (p. 53, 86), tantôt encore pour douter de l'effet de son vers sur ses lecteurs plus jeunes — « Laisse les jeunes gens hausser l'épaule et rire aux vers égaux » (p. 60) —, certains poèmes semblent condenser ses réflexions. Ainsi, dans « Parenthèse 56 », écrit en prose, la crise de l'écriture que traverse le poète est-elle restituée au moyen certes de « l'orage de la prose » (p. 56), mais aussi d'une éviction du JE « sujet maître » au profit d'un IL indéfini, voire impersonnel ; le vers « se brise » et « *il* n'y a plus qu'à se laisser emporter par le torrent par le langage » (*ibid.*) ; le discours sur le discours est d'autant plus envahissant que le poète est incertain de son pouvoir, perd pied devant l'ampleur de la « souffrance » créée par la « déchirure » (p. 58), par le réel indicible. « On dit ce que l'on veut en vers l'amour la mort / mais pas la honte » (p. 201). Face à l'indicible, le poète ne peut alors que se retourner sur son écriture elle-même, opter pour la réflexivité de son écriture, ou, *in extremis*, « déchir[er] [s]on chant » (p. 202) et se taire, introduisant le silence de l'aposiopèse dans son discours, sous la forme de lignes pointillées. *Le Roman inachevé* n'est donc pas tant un art poétique, au sens de leçon donnée, argumentée, sur l'art d'écrire qu'une interrogation douloureuse et un questionnement incessant sur les motivations, l'efficacité, les difficultés, les heurts, les apories de sa propre écriture.

PLACE DU LECTEUR

Nous avons remarqué plus haut que, dans son métadiscours, le poète semblait guetter l'approbation de son lecteur, quand bien même il utilisait pour cela une forme de prétérition ou de défi conjuratoire : « Je ne sais trop comment l'on prendra ce poème » (p. 24), « Pourquoi me jetez-vous l'un après l'autre la pierre » (p. 55). Au sens rhétorique du terme, c'est ici la preuve pathétique qui est convoquée en vue de susciter — ou contrer — chez le lecteur des sentiments qui le rendront favorables à l'entreprise aragonienne.

Si cette entreprise semble délibérément personnelle, dans sa quête identitaire, chronologique autant qu'analogique, pour définir l'homme autant que le poète — et le poème — elle s'attache donc au moins à deux titres un destinataire pluriel.

Tout d'abord, dans l'incertitude, l'« indécidable » même de sa définition — autobiographie ? autoportrait ? poème ? —, elle s'offre à lui comme système non clos, inachevé, illusoirement achevable dès lors, aussi bien, certes, « irréparable », nous l'avons vu : « L'explication manque et vous rend inquiet », souligne le poète énonciateur à l'attention de son lecteur (p. 118). À charge pour celui-ci de proposer l'explication lacunaire, de compléter la liste, de rassembler les morceaux de la « lettre déchirée » (p. 174) — « interminable lettre d'amour interminée » (p. 59), de remplir les suspens. Cette Autre personne, la deuxième[1] — revient, interpellée, à intervalles réguliers dans le poème sous la forme d'un VOUS ou d'un TU — et celui-ci n'est pas alors seulement l'équivalent d'un JE, comme certains déjà rencontrés. Elsa, la « dédicataire » du poème, fixe l'existence nécessaire de ce destinataire et en assure la vivante certitude, elle en est l'incarnation autant que l'idéalisation, le rêve d'une lecture unifiée et accordée au dire du poète, loin des dissensions et des « exigences » inconciliables de « destinataires incompatibles »[2], amenés par la crise de 1956 au sein du lectorat potentiel d'Aragon dans le Parti communiste.

Elle occupe une place essentielle, évidente, dans *Le Roman inachevé* comme le suggère, rappelons-le, sa mise en exergue, sous la forme d'une dédicace, dont la formulation souligne l'évidence voulue de sa présence structurante, rendue incontournable :

1. « Qui est la seconde ? Ô mémoire, qui donc a jamais été la seconde personne ? Question mal posée : l'Autre ne peut être que la seconde personne », in *Théâtre / Roman*, Gallimard, 1974, p. 355.

2. G. Mouillaud-Fraisse, « 1956 ou l'indicible dans *Le Roman inachevé* », art. cité, p. 174. Voir Dossier, p. 236.

« À Elsa
ce livre
comme si je ne le lui avais pas déjà
donné » (p. 14)

Au sein même du *Roman inachevé*, principalement dans la troisième partie, il lui confère, non sans paradoxe si l'on songe à l'importance accordée à Nancy Cunard dans les poèmes précédents, une place péremptoire, désespérée : « Je suis né vraiment de ta lèvre / Ma vie est à partir de toi » (p. 173). On entendra alors que cette locution « à partir de » n'a pas seulement une signification temporelle — depuis que tu es entrée dans ma vie — mais aussi spatiale — « moi » n'existe pas sans « tu », sans « autre ». Le TU d'Elsa comme les TU démultipliés des lecteurs sont autant d'Autres à partir desquels tente de se dire, de se (dé)finir l'*ethos* du poète en quête de limites (« J'ai voulu connaître mes limites », p. 120), comme le suggèrent les nombreuses comparaisons marquées du sème de la perte des repères qu'il donne de lui-même : « brouillard », « désordre », « ruisseau [...] détourné », « cheval échappé » ou encore « vagabond » (p. 174-175) avant d'être « trouvé » par Elsa.

Selon le modèle suggéré d'Elsa, destinataire explicite, le lecteur — destinataire anonyme — occupe lui aussi une place essentielle dans l'entreprise aragonienne de reconquête par l'écriture de cet « objet perdu » (p. 174) qu'est le poète à lui-même, dans le colmatage par l'écriture de l'identité lacunaire du poète, dans la construction de son *ethos* douloureux autour de sa *« pitoyable apparence »* (p. 15) initiale. Tantôt interpellé directement : « Si je cessais de *vous* raconter cette ancienne histoire éteinte » (p. 54), tantôt relégué au statut indécis ou indéfini de non-personne, lorsque le poète refuse le dialogue avec un lecteur qu'il présuppose hostile : « Il ne m'étonnerait nullement que l'*on* dise / Que j'ai la nostalgie absurde d'autrefois » (p. 25).

Mais s'il charge le lecteur de rassembler les morceaux épars du miroir qu'il se tend à lui-même pour dire « plus tard plus tard » « qui je fus » (p. 202), Aragon offre également à celui-ci la possibilité de s'y lire, reconnaissant alors au « miroir illégal ou légal » (p. 164) de sa parole autobiographique (« En retienne chacun ce qu'il a le mieux lu », p. 163), de sa parole personnelle et temporelle, un caractère universel et intemporel qui échappe tout à fait au poète : « C'est *vous qui choisissez* moi je n'en sais pas plus / Si vous vous trouvez laids voilà qui *m'est égal* » (p. 164).

Aragon sait d'ailleurs, écrivant ces poèmes, que le lecteur va les décontextualiser, en tirer dans le désordre des vers qu'il appliquera à d'autres cir-

1. Aragon plaça très tôt l'œuvre de Musset au premier rang de sa propre inspiration et c'est à son propos, à l'occasion d'un article paru le 18 avril 1957 dans *Les Lettres françaises*, qu'il critique vivement la théorie du reflet, qui ne propose qu'une lecture idéologique des poètes, alors qu'il faut chez eux « savoir entendre battre le cœur profond du temps ». On ne saurait mieux dire du *Roman inachevé*.

2. *La Diane française*, *OP*, IV, p. 469.

constances; singulièrement ses vers d'amour, qui vaudront pour d'autres femmes. Le « cœur profond du temps », qu'en 1957 Aragon entendra battre chez Musset[1], ne concerne pas une histoire linéaire, mais une durée ou un temps sous-jacents, comme un invariant des péripéties de surface. Lui-même a explicitement prévu ces détournements, ou cette contrebande ordinaire de la lecture, dans son grand poème de 1943 « Il n'y a pas d'amour heureux » : « Et ceux-là sans savoir nous regardent passer / Répétant après moi les mots que j'ai tressés / Et qui pour tes grands yeux tout aussitôt moururent [...][2]. » Les écrits ne meurent pas, ils bifurquent en chemin, quand bien même ils seraient par leur auteur fanatiquement adressés, pour aller habiter d'autres bouches, habiller des passions différentes. Sous le poème qui fixe la couleur ou le timbre des événements, l'histoire s'accroche diversement aux mots choisis pour leur précise imprécision. C'est par là que le poème opère un effet de solidarité ou de communauté, une reconnaissance des lecteurs envers l'auteur, ou entre les générations. Cette vie qui s'écrit ainsi mélodieusement n'est pas celle d'un individu mais davantage un roman, dont le personnage (anonyme) contient virtuellement tous les hommes. Une guerre y devient la Guerre, un amour l'Amour... Le poète dresse sinon des statues, du moins des majuscules au fil de son énonciation. Le bordel de Sarrebrück (p. 72-75) devient par excellence le BMC tel que tous ceux qui n'ont pas vécu cette guerre, ni cette douteuse institution, se le figureront désormais. L'écriture poétique n'avance pas *prorsus* (vers l'avant comme la prose) mais elle court *versus*, à l'envers du temps, elle fouille en profondeur la mémoire, y creuse des tranchées miroitantes, ouvre des puits, fore l'intime.

En cela le texte n'échappe pas seulement à la stricte circonscription générique, il dépasse aussi largement la vaine représentation du Présent à soi, de la présence à soi : « J'essaye de comprendre ce qui me dépasse par moi-même[1] », « me relisant, je vois dans le miroir, par-dessus mon épaule, un monde que les vers autant que moi-même me montrent, le journal du temps traversé, l'histoire des autres, qui est aussi mon histoire[2] ». Non seulement il cherche à « ouvrir le panorama de ma nuit » (p. 54), mais il dépasse encore chaque simple lecteur, chaque individu, « hasard vivant de l'histoire » (p. 213) pour tenter d'atteindre l'autre : « Es-tu seul as-tu près de toi d'autres visages / D'autres hommes de chair semblables et différents » (*ibid.*), et se dépasser dans l'autre : « laissez-moi souffrir pour ce que j'aime donne-moi ta main donne-moi ton mal passe-moi le feu qui t'habite » (p. 59), pour découvrir enfin un horizon culturel plus large, trans-historique et anachronique. Ainsi, « Le drame des Guatemala comme ta propre tragédie / Entre à tout bout de champ dans ton poème » (p. 60), par quoi il peut tenter de montrer « Tout ce qui fut l'Histoire » (p. 70), qu'il s'agisse d'un trop-plein d'« heures noires » (p. 202) ou de « la beauté de Venise » (p. 147).

1. « Comment parler de soi », *OP*, V p. 918.

2. *Ibid.*, p. 920.

À tous les niveaux, l'écriture panchronique d'Aragon — écriture qui veut être de tous les temps — esquisse une remontée vers les origines; elle est remontée spatio-temporelle vers les origines du poète, son enfance, sa mythologie personnelle (« Où est ma place Est-elle avec ce passé des miens », p. 120), « Car j'ai dans mes veines l'Italie / Et dans mon nom le raisin d'Espagne » (*ibid.*). Elle est aussi remontée aux origines inassignables de l'écriture elle-même — comme est inassignable l'origine du chant, on l'a vu — par le biais de l'intertexualité. Tout comme le pays a le livre originel pour métaphore, « Tu l'ouvres devant moi cet *incunable* plein de tragédies », tout comme le poète à Vérone ou Vicence « cherche la trace / Des amours éternels et d'un amour défunt » (p. 137), le poème lui-même devient pour nous un espace originel où chercher, deviner ou trouver les traces des origines de l'écriture du poète. À ce titre, le début du poème « Les dames de Carpaccio lentes et lourdes à ravir » (p. 145) constitue un véritable modèle de farcissure, tant les références littéraires, picturales et musicales s'y condensent et s'y entremêlent.

Ces références y sont à peine déguisées : référence picturale aux peintres vénitiens Carpaccio, Tintoret et Guardi; référence musicale à l'Otello de

Verdi, enrichie d'une citation et du nom des personnages ; référence plus voilée à Musset, dont il rappelle les vers : « Mes chers amis, quand je mourrai / Plantez un saule au cimetière, / J'aime son feuillage éploré, / La pâleur m'en est douce et chère » (« Lucie », *Poésies nouvelles*) et qui entrent en résonance avec la « Romance du saule » chantée par Desdémone, avant qu'elle ne se couche une dernière fois, dans l'acte IV de l'opéra de Verdi. Autant de biais ou de « masques » (p. 145) des amours malheureuses du poète jaloux avec Nancy l'infidèle, qui les conduisit à Venise où Aragon tenta de se suicider en août 1928. Aragon raconte qu'il y lisait à ce moment-là l'*Othello* de Shakespeare, drame de la jalousie dont le cadre est précisément Venise [1]. Cependant, l'évocation même de Musset ne peut manquer de rappeler que Venise fut aussi le théâtre des amours tumultueuses du couple d'écrivains Sand et Musset. Se superpose alors à l'image du couple ancien Aragon-Nancy celle du couple actuel Aragon-Elsa, qui fut lui aussi l'objet de crises douloureuses et indicibles [2]. Le recours à l'« art » permet ainsi de construire un discours qu'à la suite de Todorov [3] on pourrait dire *polyvalent*, dans la mesure où il superpose plusieurs voix, mais encore et par conséquent plusieurs niveaux de lecture et d'interprétation. Il ne s'agit pas seulement pour lui de réfléchir l'origine indicible — parce que perdue — de sa propre langue, de sa « chanson », qui pourrait aussi bien remonter aux temps homériques avec l'ironique « aubes aux doigts de fonte » (p. 146) dont on attendait la rime avec « morose », il s'agit également, par cette forme prétéritive et périphrastique, de dire tout en se taisant *et* la « beauté » *et* les « malheurs » (p. 147), et en même temps de dire l'impossibilité « de laisser ses larmes briller » (*ibid.*).

1. Ce drame de la jalousie qu'est *Othello* sera une nouvelle fois largement exploité par Aragon dans *La Mise à mort* pour exprimer le tourment que vit le narrateur, jaloux de Fougère.

2. C'est en particulier la crise traversée par le couple en 1941-1943 que reflète, autant qu'elle en est la cause, l'écriture en parallèle d'*Aurélien* pour Aragon et du *Cheval blanc* pour Elsa.

3. Voir Tzvetan Todorov, « Bakhtine et l'altérité », *Poétique*, n° 40, novembre 1979.

Dans « Le Téméraire », « le vers du Dante », « la soie ancienne des tercets » et le « vers français » sont convoqués pour dire « ce qui fut avec ce que je vois » (p. 29), et tresser les temps passés et présents sur le support de modèles rhétoriques anciens. *Le Roman Inachevé* est un espace d'écriture parcouru de « lieux », de *topoï*, dont les plus perceptibles aux lecteurs sont assurément les références intertextuelles, mais que les cadres génériques qu'il déborde sous-tendent aussi. Telle est encore l'une des caractéristiques de l'autoportrait, véritable « machine à reculer dans le temps qui entraîne le sujet vers l'en-deçà de la littérature moderne et le replonge dans le fonds d'une culture très ancienne où s'abolissent les notions plus récentes de personnes, d'individu, et a fortiori, celles de subjectivité ou de Moi[1] ».

1. M. Beaujour, *Miroirs d'encre*, *op. cit.*, p. 21.

2. Voir aussi, dans le Dossier, p. 225, le texte d'O. Barbarant, « Une débâcle de *bel canto* ».

En 1969, Aragon se lancera dans une grande enquête sur les débuts de ses romans (et de quelques autres), intitulée *Je n'ai jamais appris à écrire ou les Incipit*. Or *Le Roman inachevé* anticipe à sa manière la question de l'origine du chant[2]. Au commencement était le phonographe. Comme *Aurélien* ou *Le Fou d'Elsa*, *Le Roman inachevé* démarre sur une citation obsédante, lieu commun d'une chanson ou mémoire collective. Communiquer c'est entrer dans l'orchestre. L'auteur ne va aux autres qu'en partant d'eux, il prend le relais ou développe la phrase de réveil, le cliché. Les premiers mots sont anonymes, automatiques — héritage du surréalisme ? Lié à l'oreille (logique de l'amour dans *Aurélien*), l'auteur d'abord privé de voix propre progresse en fouillant les échos de sa mémoire auditive. Au commencement était un air enregistré : « Sur le Pont Neuf j'ai rencontré... » (p. 15), un phonographe (« Il était descendu chez nous une cliente... », p. 39, « un air très ancien / Comme un battement de porte » (p. 60), « Un petit air d'ocarina » (p. 68), « Au pont de Minaucourt » (p. 64) ou « *Ach du lieber Augustin* » (p. 72)... Au commencement était Racine ou *Aurélien* parodié, nous l'avons vu (p. 80) (section intitulée fort justement « Les mots m'ont pris par la main »).

La liste des croisements intertextuels entre le *roman* et les auteurs qu'il convoque est impossible à dresser exhaustivement, car nombre d'allusions demeurent voilées, ou esquissées. L'intersémiotique des arts — c'est-à-dire les croisements qu'Aragon opère entre son texte et des œuvres non littéraires, mais artistiques, voire avec des manifestations médiatiques comme le cinéma de quartier, la presse, « la TSF » ou la réclame — est également concernée par la polyphonie aragonienne [1].

1. Voir quelques textes sources dans le Dossier, p. 253, et, sur la question de l'intertextualité et de l'intersémiotique des arts, l'extrait de l'article d'Y. Stalloni, présenté dans le Dossier, p. 240.

2. Gérard Genette, *Introduction à l'architexte*, Seuil, 1979, p. 84.

L'entreprise de remémoration personnelle apparaît ainsi soutenue autant que dépassée par la remémoration générique, par laquelle toute œuvre, même la plus neuve, « se souvient », possède une mémoire qui n'incite bien sûr pas seulement à l'« imitation », mais aussi à la « différentiation »[2]. *Le Roman inachevé*, dans ses transgressions mêmes, nous fait la brillante démonstration de ce que sa visée première, du moins affichée, est pervertie : l'objet du discours n'est pas atteint, ici détourné *in fine* sur Elsa, objet semble-t-il plus dicible que le MOI du poète, dont le « nom sur le mur » (p. 246) lui reste « inscription » incompréhensible (p. 69). La mémoire du genre — mais lequel ? — est largement débordée. Le poète en somme a créé une « machine de langage capable de susciter son matériau[1] » par le seul pouvoir d'un rythme et d'une langue qui contiennent leurs propres origines, et dont la maîtrise lui échappe parfois « lâché[e] comme un chien débridé » (p. 56).

1. Ph. Lejeune, *Le Pacte autobiographique, op. cit.*, p. 272.

Ainsi, « cette ancienne histoire éteinte » (p. 54) qu'est *Le Roman inachevé*, ce recueil de « souvenirs » que d'aucuns choisissent de mettre « à pourrir dans un trou » (p. 33) tandis que le poète choisit au contraire de faire de ce « charnier » (p. 39) la « soie » de ses « tercets » (p. 29), peut à juste titre, en tant qu'autoportrait, nous apparaître sinon comme « dépotoir pour les déchets de notre culture[2] », du moins, parce qu'il veut dire « Tout ce qui fut l'Histoire » (p. 70), comme vaste « rassemblement encyclopédique de connaissances[3] ». Si nous l'avons nettement perçu dans la convocation de genres multiples qui le structurent, la pluralité des registres que *Le Roman inachevé* fait s'entremêler en rend également parfaitement compte.

2. M. Beaujour, *Miroirs d'encre, op. cit.*, p. 12-13.

3. *Ibid.*, p. 31.

III REGISTRES PLURIELS

Dans la perspective de *farcissure* qui est la sienne, *Le Roman Inachevé* en effet accumule aussi les registres, c'est-à-dire les tonalités ; il les fait tantôt se répondre d'un poème à l'autre, tantôt se heurter, parfois s'entremêler dans un même poème, comme les multiples facettes de l'humeur du poète, changeante, au fil de la vie.

LYRISME

Le registre qui semble le plus à même de traduire cette pluralité de « rumeurs » (p. 119) à l'œuvre est naturellement le registre lyrique, dont la source est un chant ou un souffle antique, plus spécifiquement attaché à la poésie, mais qui parcourt l'œuvre entière d'Aragon, prose comme poésie. Tout comme le sujet de l'autoportrait s'ouvre délibérément et désespérément à l'autre, le sujet lyrique, loin de se satisfaire de l'expression de son seul MOI, apparaît lui aussi hanté par la voix de l'autre[1]. On peut le définir comme une parole « incarnée dans une

1. Sur le lien entre JE lyrique et JE autobiographique, voir le texte de N. Piegay, dans le Dossier, p. 224.

1. Yves Vadé,
« L'émergence
du sujet lyrique
à l'époque
romantique »,
in *Figures du sujet
lyrique, op. cit.*,
p. 13.

2. *Ibid.*

voix et dans un corps[1] », mais encore, à l'aune de l'expérience romantique, comme une énonciation « exploitant toutes les ressources de l'écriture[2] » pour tenter de délimiter aussi bien que d'étendre les contours d'un JE en somme universalisable, non pas cantonné à la seule expression d'un *moi* intime, mais travaillé, clivé par toutes les altérités qui le débordent.

UNE ÉNONCIATION LYRIQUE PROBLÉMATIQUE

Nous avons déjà pu constater une assise énonciative moderne, en ce que le JE parlant omniprésent est conscient de ses difficultés à s'éprouver et à se dire *ici-maintenant*. L'*ethos* du poète est construit sur les sèmes négatifs du désaccord à soi et à l'autre et de l'absence de limites. Wolfgang Babilas a montré comment le « moi-je » du poète refusait de s'inclure dans une communauté honnie parce que agressive et méprisante[3]. Se démarquant nettement de ceux qui le rejettent, « les autres hommes » (p. 179, 214), pour qui il ne sera « jamais qu'une poussière dans l'œil » (p. 178), il est donc, avant Elsa, le mal-aimé (« on ne peut t'aimer », p. 179-180), l'« étranger » (« Je me sens étranger toujours parmi les gens », p. 168), le poète « maudit » (p. 179) aux accents tantôt apollina-

3. Wolfgang
Babilas,
« L'autoportrait
du moi-je dans
*Le Roman
inachevé* »,
in *Aragon 1956,
op. cit.*, p. 27-41.
Voir Dossier,
p. 230.

riens, tantôt nervaliens (« Je suis le gisant noir que rien ne désaltère » (p. 33) ou baudelairiens : « misérable et défait malheureux misérable / Ô toi qui tends ta paume mendiant perpétuel à des gens qui n'en veulent pas tes semblables tes frères » (p. 178).

Pour l'énonciateur qui se demande « Où est ma place » (p. 120), « Où suis-je » (p. 85, 137, 193), l'ICI est en outre le lieu problématique de l'écriture en crise : « *Ici* commence la grande nuit des mots » (p. 83), « la prose *ici* croyez-m'en ce n'est pas l'impuissance à décrire l'horreur *ici* qui la ramène[1] » (p. 57), du renoncement douloureux au passé (p. 93), ou encore du regret mélancolique lorsqu'il est paradoxalement associé à un verbe au passé : « *Ici* l'on retrouvait le droit de laisser ses larmes briller » (p. 147). Il est donc toujours présenté comme le lieu d'un déchirement, d'un écartèlement du moi. Le *maintenant* du poète, s'il est omniprésent au travers du présent de l'énonciation, associé, comme nous l'avons dit, aux verbes d'écriture et de remémoration, n'apparaît en tant que tel que rarement, et pour signifier toujours l'imminence de la fin : « *Maintenant maintenant* il peut / Ce vieux cœur s'arrêter de battre » (p. 210) ou suggérer un irréel « et *maintenant jamais* si l'on prenait ta main ce ne serait comme si la première fois on l'avait prise » (p. 179).

1. Dans toute cette section, c'est nous qui soulignons.

Le JE en crise, qui ne parvient à s'as-seoir dans le présent qu'au prix d'une écriture douloureuse, tente ainsi de déborder son inconfortable *ici-mainte-nant* en s'ouvrant spécifiquement au passé, non sans incertitude : « Faut-il toujours se retourner / Toujours regar-der en arrière », « Est-ce que j'ap-partiens encore à ce monde ancien » (p. 120).

Le constat est assurément que « Je mêle au passé le présent » (p. 89). Le recours fréquent au présent dit « de narration » atteste ce débordement proprement lyrique des frontières tem-porelles. D'une manière générale, le choix du présent de l'indicatif, « étran-ger à toute notion d'époque[1] », apparaît comme particulièrement apte à don-ner l'illusion d'une temporalité infinie du procès. Ainsi en est-il, par exemple, du présent des vers « Mais l'inscrip-tion que dit-elle / Je lis et je ne com-prends plus / C'est pourtant mon nom que j'épelle » et « Quel est celui qu'on prend pour moi » (p. 69). Il étend jus-qu'au moment présent de l'énon-ciation ou de l'écriture la durée de la lecture, de l'incompréhension et de la méprise constatée par le passé. Ce n'est pas seulement sur le plan spa-tial que le narrateur traverse les fron-tières pour « connaître [s]es limites »

1. Guy Serbat, « Le prétendu "présent" de l'indicatif : une forme non déic-tique du verbe », *L'Information grammaticale*, n° 38, 1988, p. 33.

(p. 120), c'est également sur le plan temporel, afin d'atteindre cette compréhension paradoxale de « ce que pour moi fut aujourd'hui » (p. 54).

Enfin, le personnage d'Elsa joue un rôle essentiel dans l'effacement des frontières temporelles ; nous avons déjà noté la renaissance de l'homme à la rencontre de la femme aimée, avec l'apparition de laquelle surgit, en contrepoint du *topos* lyrique du poète maudit, celui de l'élu(e) ou de la muse ; mais, plus encore, le personnage d'Elsa permet au poète d'affirmer un bouleversement temporel tel qu'il estompe origine et point d'aboutissement de la quête du poète, Elsa lui devient aussi cet « avenir de l'homme » qu'il n'envisageait que sous la forme d'un anéantissement. C'est pourquoi le futur s'introduit dans le poème, non sous la forme d'un échec (« Je n'arriverai pas jusqu'au bout de la nuit », p. 233) mais d'un renouveau, d'un « chant d'aurore » (p. 245) et d'un « printemps furtif » (p. 237). Nous avons vu qu'elle pouvait constituer l'emblème de tous les lecteurs du poète ; en cela, elle trace la voix d'un avenir possible, non tant de l'homme (« Plus tard plus tard on dira *qui je fus* », p. 202) que du poète (« je resterai *le sujet* du bonheur », p. 245), que du poème même : « Tu seras présente à tout jamais dans *tout ce que j'aurai dit* »

121

(p. 183)[1], qui peut alors s'ouvrir à tous
les horizons, et porter l'avenir de tous
les hommes : « Vous retrouverez *dans
mon chant sa* voix [...] Et tout l'avenir
de l'homme et des fleurs [...] et toute
la joie / Et toutes les peines » (p. 246).

À cet égard, Elsa est bien un élément
constitutif, sinon moteur, de l'utopie et
de l'u-chronie aragonienne dans le
poème. Elsa est cet Autre mythique, à
travers lequel le poète, engagé à la
poursuite d'une image idéale de soi,
prétend s'atteindre, se rassembler, se
contenir, se comprendre, rassembler
son passé, son avenir, son conditionnel
dans un présent perpétuel, sa propre
existence ainsi suspendue « au désir de
l'amour d'autrui[2] », à l'amour d'autrui,
à l'Autre faite femme. Elle constitue
le mirage de l'image ultime, celle qui
arrête le mouvement perpétuel de
quête du sujet lancé à sa propre poursuite (« une image à la dérive », p. 193),
celle qui l'actualise dans un équilibre
définitif, aboutissement métonymique
de l'image de soi tant cherchée, vivante
métaphore du Poème lui-même, par
quoi seul le Poète *s'effectue*. Nous y
reviendrons.

Le Roman inachevé élabore par là
un autre espace et un autre temps,
pétri de passé, de présent et d'avenir,
aussi bien pétri des rêves du poète
(« Mais peut-être après tout que je
confonds la vie avec le rêve », p. 46)

2. J.-M.
Maulpoix,
« La quatrième
personne
du singulier »,
art. cité, p. 152.

et « que j'ai finalement au fond de ma rétine / Confondu ce qui vient et ce que j'imagine » (p. 231), échappant alors nettement à toute idée de limite ; c'est l'espace-temps du poème — faut-il dire le non-espace et le non-temps du poème ? — où est circonscrit l'« exil » du poète, cette « Plainte que j'ai portée en moi toute la vie » (p. 135) et qui le fait se sentir éternel « étranger » (p. 168) ailleurs que dans les mots.

LYRISME ET POLYPHONIE

Aragon se revendique comme l'un de ces « trouvères qui portaient en eux tous les chants passés[1] » avant que l'on n'invente les bibliothèques. Dans son flou définitionnel, que suggèrent aussi, insistons sur ce point, les multiples images qu'il s'efforce de donner de lui-même, dans cette « fantasmatique entreprise de métaphorisation de soi qui caractérise, en définitive, le travail du sujet lyrique proprement dit[2], le sujet locuteur choisit de se laisser déborder par ce qui l'habite et qu'il éprouve pluriel, comme le souligne la fréquence des indéfinis de la totalité « tout » et des pluriels : « laissant l'univers m'envahir de *ses* voix » (p. 29). Ici la voix d'Elsa, ailleurs « *Une* voix qui sortait des Mille-et-une-Nuits » (p. 39), ailleurs un « écho » de voix qui

1. *Blanche ou l'Oubli,* op. cit., p. 135.

2. J.-M. Maulpoix, art. cité, p. 152.

lui revient (p. 83), mais toujours voix dont l'origine se perd : « D'où sort cette chanson lointaine » (p. 15). Il se définit comme « bruit » et « rumeur » : « Je passais comme la rumeur / Je m'endormais comme le bruit » (p. 74).

Cette confusion des voix qui hantent le poète et vers quoi il est tendu (« je retourne à mon charnier plein de murmures », p. 39) constitue un des aspects essentiels de la dimension polyphonique du sujet aragonien, qui ne se contente pas seulement de dire qu'il est habité d'autres voix mais s'efforce de les restituer, de rendre audible ce « monde habité par le chant » (p. 171).

Écrire l'autre, la voix de l'autre, de tous les autres, mieux encore le mélange des voix par-delà même sa propre voix, c'est en effet le rêve fou d'Aragon qui remonte au gigantesque projet de *La Défense de l'infini*, roman au sein duquel il avait voulu, dit-il, faire se rejoindre des milliers de destins dans « une sorte d'immense orgie[1] ». Immense orgie de mots en vérité, de toutes bouches issus, formant « la scène obscène de la voix[2] ». Comme si pour Aragon la multiplicité tapageuse des voix était garante de leur appartenance à une altérité et à une réalité somme toute incertaines.

Si sa poétique a pu évoluer avec le temps, une constante demeure jusque dans le dernier roman d'Aragon, celle d'un discours qui s'énonce encore et obsessionnellement comme écriture de la voix : « [...] la machine me tient

1. L. Aragon, *Je n'ai jamais appris à écrire ou les Incipit, op. cit.*, p. 45.

2. Aragon, *Théâtre / Roman*, Gallimard, 1974, p. 162.

1. *Théâtre /
Roman, op. cit.*,
p. 48.

2. « Une année
de romans »,
*Projet d'histoire
littéraire
contemporaine*,
Mercure
de France, 1994,
p. 145-146.

3. Annie
Lambert,
« Écrire la voix »,
Silex, n° 8-9,
1978, p. 121.

4. Voir
« La leçon de
Ribérac
ou l'Europe
française »,
Les Yeux d'Elsa,
OP, IX, p. 194.

5. « Puisque
vous m'avez fait
docteur » (1965 ;
OP, 7, XV,
p. 1180-1181).

dans les mots d'un autre, elle me mange, me dévore, ah chaque soir chaque soir ça recommence, les mêmes mots, les mêmes morts, le même mors à me déchirer la bouche [...] je ne puis échapper à ce sort, à ces cris, à ces paroles de salive[1] ». L'interrogation continue d'Aragon sur le champ des possibles de la langue se porte ainsi notamment sur cet imaginaire d'une voix de la langue qu'il forge au fil de son œuvre.

Dès 1923, lorsqu'il dit trouver « infimes les distinctions qu'on fait entre les genres littéraires, poésie, roman, philosophie, maximes, tout m'est également parole[2] », il fait du support écrit une parole entendue, à entendre, à proférer, véhiculée, portée par une voix. « Entre-deux de l'organique et de la langue[3] », la voix pour Aragon apparaît comme garante d'une présence véritable au monde. Faire effet de voix constitue donc pour lui un aspect essentiel de son réalisme, comme entreprise de capture et de modification du réel. En ce sens, l'écrit d'Aragon se fait chant, et arme[4]. C'est parce que l'écrit se chante, parce que le roman se romance, qu'il peut prétendre avoir quelque rapport avec le réel et quelque influence sur lui.

Dire la richesse du réel sera donc pour Aragon multiplier à l'infini les effets de voix, déployer le potentiel de la langue écrite pour faire entendre tout en faisant lire. « Comment faire entrer cet autre-chose là dans la linguistique générale ? » s'interroge le narrateur de *Blanche ou l'Oubli* : « Cela ne s'inscrit pas dans les phrases », « Cela me fuit » (p. 55). L'imagination chez Aragon ne vient pas seulement pallier les lacunes de la mémoire, chez cet écrivain, qui « toute la vie », dit-il, « dans le secret de [son] cœur », s'est « considéré comme un linguiste, de peu de savoir voilà tout, mais un linguiste[5] », elle est aussi au service d'un imaginaire de la voix de

1. Voir
C. Narjoux,
« Voici tous
les mots dans
ma bouche »,
in Actes
du VIIIe colloque
du G.E.H.L.F.,
« Langue
littéraire et
changements
linguistiques »,
4-6 décembre
2003, E.N.S. et
Paris-IV, Presses
universitaires
de la Sorbonne,
2006.

la langue destiné à pallier sa déconcertante linéarité [1].

Dans cette mesure, le style du *Roman inachevé* relève par certains de ses aspects, et non des moindres, d'un style oralisé, qui entre dans la définition du lyrisme aragonien. Ainsi fait-il surgir ces voix par le discours direct, offrant ici effet de voix à l'écrit en modifiant la structure phrastique — exclamatives, incorrections, constructions à présentatifs ou segmentées caractéristiques de l'oral —, en réduisant le pronom démonstratif « cela » en « ça », ou encore en multipliant les lexiques et autres tours populaires : « Va-t'en jouer dehors te voilà tout pâlot / Seulement ne sors pas sans mettre ton jean-bart » (p. 40). Voire en marquant orthographiquement la prononciation souhaitée, comme le systématisera Queneau : « Desnos disait [...] *Où ai-je mis le sac à Rrose* [2] » (p. 217), « Vous diré ce que vous voudré / Il y a prograis et prograis » (p. 226).

Aragon exploite par conséquent tout ce qui est susceptible de signer une parlure, dans ses composantes tant individuelles que sociales, jusqu'au collage de voix étrangères, comme les voix d'une patrouille allemande (p. 214), traduites par Aragon en note (p. 251) [3]. Il va même jusqu'à

2. Ici, Aragon
joue de
l'emboîtement
des discours
puisqu'il cite
Desnos citant
lui-même Marcel
Duchamp.

3. Il traduit
d'ailleurs
curieusement
dans sa note
« Tannenbaum »
(sapin,
en allemand) par
« Tilleul ».

restituer un mauvais accent lorsqu'il cite en anglais une strophe de Lewis Carroll en la mettant dans la bouche d'un locuteur allemand (p. 104).

On retrouve ce procédé souvent au cœur de sa propre « voix » de poète, sans qu'il en passe par le discours explicitement rapporté, forgeant ainsi peut-être une langue bariolée, métissée, « langage au goût des putains » (p. 28) : « Bon Dieu regardez-vous petits dans les miroirs / Vous avez le cheveu désordre... » (p. 23, et aussi 33, 60, 207). À quoi il faut ajouter l'usage des appuis du discours : « ah » (p. 18, 33, 49, 56...), « eh bien » (p. 142, 233), « ma parole » (p. 207), caractéristiques de l'oral familier.

Mais le lyrisme aragonien, habité de voix plurielles, restitue des voix de tous bords dans une langue parfois plus littéraire et donc plus soutenue (« Pour m'ouïr il n'est plus que soldats éventrés », p. 30), volontiers truffée d'archaïsmes et de tours anciens — « le choix volontaire des mots poétiquement usés, les termes démodés d'une sorte de foire aux puces d'azurs et de lyre[1] » —, de mots oubliés (ici, « miséréré », p. 16 ; là « maj-jong », p. 26 ; là « brisoire », p. 125 ; « saumure », « pisé », p. 139 ; « captifs », « sapajou », p. 145, « cinabre » et « céruse », p. 146 ; « promission », p. 153 ; ou encore « étoupe rouie », p. 238), selon ce principe cher

1. « Comment parler de soi », *OP*, V, p. 922.

à Aragon que « Nous peuplons le vacarme avec des mots fantômes » (p. 166). La convocation de multiples noms propres participe du bariolage de sa langue poétique. Il peut s'agir de noms de « circonstance », « noms pareils aux messieurs en veston qui ornent nos carrefours[1] » — « Qui se souvient de Lauchin de Pérez Moris Boudin Bureau / L'histoire qui naît dans leurs mains ne sait plus le nom des héros » (p. 197), ou de noms « chargés d'histoire ou de légendes », non plus comme autrefois « accumulations de noms propres grecs ou romains[2] », mais, dans *Le Roman inachevé*, provenant de toutes langues, et que le poète « continu[e] à manier », en vertu du « trésor de connaissances humaines[3] » qu'ils contribuent à former, et aussi « pour le baroque sonore[4] » de tels noms, comme le suggèrent les jeux de sonorités sur les noms propres dans ce passage, reprise des phonèmes /ra/, /uz/ et /mu/, allitérations en /p/, /s/ et /r/, assonances en /a/, /ɛ/ et /i/ : « Quelque part entre Lausanne et Morges ces coteaux étayés de murs bleus où mûrissaient les vignes de Ramuz / Uzès Le jeune Racine s'y accoude à la terrasse des clairs de lune / Sospel à chaque fois les pins incendiés comme pour y mieux effacer les traces de l'exil et Buonarroti proscrit / Mais il y a des pays qui n'ont pas de nom dans ma mémoire » (p. 119).

1. « Chroniques du *bel canto*, août 1946 », *OP*, IV, p. 718.

2. *Ibid.*

3. *Ibid.*, p. 714.

4. *Ibid.*, p. 716.

L'interjection vocative « ô », qui atteste un niveau de langue soutenue, marque aussi bien la force et la mesure de la con-vocation dans *Le Roman inachevé*. Marque formelle de la poésie lyrique, l'apostrophe, introduite par le « ô » vocatif, prolifère. Elle signale la convocation de l'autre dans le discours du poète, son interpellation comme interlocuteur voulu, grâce à quoi « Ô mes amis d'alors c'est vous que je revois » (p. 87). Les injonctions du poète démultiplient les adresses, les destinataires, comme autant de manières de conférer à ces *troisièmes personnes* réalité et présence énonciative. L'écrivain prend de grandes libertés dans ses adresses, jouant d'allocutaires multiples, « transgressant sans la moindre peine l'opposition de l'animé et de l'inanimé, comme de l'abstrait et du concret[1] », comme pour mieux se définir lui-même. On note que sont ainsi principalement convoqués les humains disparus, anonymes, pluriels ou singuliers à valeur générique, souvent sous forme de périphrases, « témoins aveugles » (p. 100) et muets, à qui le poète prétend prendre, autant que rendre, la voix : « ô modernes Robert Macaire entre Rotterdam et Le Caire » (p. 28), « Ô palefreniers de Marly » (p. 51), « ô noyés de Dunkerque cimetière de proues ô cohue aux ponts de la Loire » (p. 57), « Ô fel-

1. Y. Vadé, « L'émergence du sujet lyrique... », art. cité, p. 20.

lahs » (p. 163), « Ô vendangeurs de brume » (p. 44), « Ô créatures » (p. 48). Ce sont parfois des personnalités singulières, plus ou moins identifiées, doubles du poète « Ô forcené qui chaque nuit attend l'aube » (p. 178), poètes ou artistes reconnus, d'Eluard (p. 93) à Lautrec (p. 164), sans oublier Elsa (p. 171), « Schéhérazade ô récitante » (p. 243).

Toutefois, le florilège constitué par ces adresses du poète étend largement sa palette à d'autres types d'interlocuteurs, non humains, ainsi personnifiés, tous reliés à un passé révolu qu'il cherche par ce biais à atteindre. Ce sont des éléments naturels et des sensations : « Ô pluie Ô poussière impalpable » (p. 131) ; des abstractions : « Bonheur ô braconnier » (p. 67), « Ô long carème des études » (p. 50) ; une statue : « Ô Gaense-Liesel des défaites » (p. 72), un instrument de musique : « Ô grand Stradivarius tendre » (p. 139) ou des personnages de tableaux : « ô Pécheresse » (p. 119) pour évoquer la Madeleine de Rubens[1].

Mais ce sont surtout lieux du temps passé, villes, régions, paysages naturels ou modernes, maisons : « Ô femme » (p. 92) pour Paris, « ô Bretagne imaginaire » (p. 49), « Ô paysage de Marylebone Road » (p. 99), « Ô paysage », « ô Venise ô mon insomnie », « Ô Fundamenta Nuove » (p. 146), « Ô Dniepro-

1. En réalité, tableau de Quentin Metsys (1465-1530), contrairement à ce qu'indique Aragon en note (voir p. 249).

guess ô pluie d'automne / Ô grand barrage d'espérance » (p. 187), « Ô pool charbon-acier Benelux Euratom » (p. 166), « ô ma patrie au vent du sud » (p. 200), « Ô vague de l'Adriatique » (p. 147), « Venasque ô ville où je fus avec toi » (p. 241), « Ô l'auberge de farine et de bière où tu mangeas des fraises / Et la toile rêche des draps qui sentaient la buanderie » (p. 90), « Ô maisons de rondins Auvents verts Palissades » (p. 230). Tous ces lieux suggèrent « cet écart entre un "je suis ici" et un "je vois ailleurs" (ou "je dis que je vois ailleurs") » qui, selon Yves Vadé, « est sans doute un des mouvements fondamentaux du lyrisme[1] » ; c'est lui qui amène au franchissement des limites : « Le sujet du texte lyrique réussit à déplacer ces limites. Il modifie les frontières du moi réel, il annexe quelques territoires. Il fait bouger les bornes de la finitude[2]. »

C'est enfin le temps passé lui-même qui est ainsi appelé : « Ô saisons / Du langage ô conjugaison / des éphémères » (p. 82), « Ô mois d'août quarante-quatre » (p. 210), « Ô débâcle des chars ô galop des chevaux » (p. 215), « Ô saisons de mon cœur ô lueurs épousées » (p. 237) et le mouvement même de capture, qui pousse le poète vers lui : « Ô la nostalgie à retrouver de vieilles *cartes-postales* » (p. 98), « *Ô mon passé désemparé* » (p. 17).

1. Yves Vadé, « Hugocentrisme et diffraction du sujet », in *Le Sujet lyrique en question*, Presses universitaires de Bordeaux, 1996.

2. *Ibid.*

131

Au miroir de ces multiples locuteurs, c'est le sujet lui-même qui, par ces possibles adresses aux différents groupes, humains, non humains, animés, non animés, une fois de plus, étend et interroge sa définition, alors « homme cousu de plusieurs[1] », jouant de ses limites, éprouvant son exil, comme « lancé au-dehors de soi à la recherche de son propre centre[2] », se cherchant aux confins de lui-même, toujours à la lumière d'un autre temps, d'un autre espace, d'une autre voix.

Il s'agit bien par ces adresses de saisir, de capturer, de « s'expliquer » (p. 70), de « tout comprendre » (p. 21), « Tout ce qui fut l'Histoire » (p. 70), tout ce qui lui a échappé et lui échappe encore. Pour fuir le vertige du néant qui semble le guetter, celui qui n'a « plus le temps de rien » (p. 42), celui qui a mis si longtemps à accepter même « Le sentiment de n'être rien » (p. 112), l'homme lyrique aragonien, « empli de fureur et de bruit » (p. 175), habité d'une parole autre en mouvement — lui-même défini, nous l'avons vu, par le mouvement montant de la parole qui le traverse —, devient lieu de passage[3] de ces multiples voix, homme orchestre de n'être rien, « multiple Babel à l'assaut du néant » (p. 230) : « On se met à mieux voir le monde / Et peu à peu ça monte en vous » (p. 112).

1. J.-M. Maulpoix, « La quatrième personne du singulier », art. cité, p. 148.

2. *Ibid.*, p. 155.

3. Voir à ce sujet l'homme-passage du *Paysan de Paris*, emblématique du premier lyrisme aragonien. Cécile Narjoux, « La voix lyrique dans *Le Paysan de Paris* », in *Aragon*, Le Paysan de Paris : *une tornade d'énigmes*, L'Improviste, 2003.

La parole lyrique transpersonnelle — aux multiples origines — devient ici manifestement impersonnelle — sans origine — abandonnant au poème le pouvoir de choisir (« Mon poème a choisi... », p. 159). C'est un « ça » qui traverse le poète, faisant de lui « un sujet à la fois possédé et dépossédé. Un sujet qui paraît détenir son pouvoir d'une perte. [...] Un sujet travaillé par des forces étranges et qui devient comme le lieu d'une résonance de l'altérité[1] ».

On peut donc envisager que c'est alors au nom de cette polyphonie toute lyrique et fondamentale que l'on rencontre encore d'autres tonalités dans l'œuvre — ou registres —, qui sont autant de manières différentes d'éprouver le réel, suggèrent autant d'émotions distinctes, depuis les tonalités tragique et pathétique, voire épique, en passant par l'ironie, ou certains accents propres à l'épidictique — registre dévolu à l'éloge et au blâme — dans l'éloge d'Elsa et le lien que le poète établit entre elle et son engagement politique.

PATHÉTIQUE, TRAGIQUE, ÉPIQUE

PATHÉTIQUE

La souffrance, celle du poète devant la difficulté de s'écrire, celle de se sou-

1. J.-M. Maulpoix, « La quatrième personne du singulier », art. cité, p. 151.

1. Voir René
Nallet,
« La souffrance
dans *Le Roman
inachevé* »,
in *Analyses et
réflexions sur...
Le Souvenir
dans* Le Roman
inachevé
d'Aragon,
Ellipses, 1978,
p. 153-164.

venir, « l'impuissance à décrire l'horreur » (p. 57), celle de l'homme devant
ses semblables, est un thème majeur
du *Roman inachevé*[1]. Elle constitue
le terreau de la mémoire du poète.
Celui-ci se définit d'emblée comme un
« *désespéré* » qui « *n'avait d'yeux que pour
pleurer* » (p. 15), habité, hanté certes de
sa douleur (p. 55), mais d'une douleur
qui en est venue à se nourrir de toutes
les autres, de « toutes les peines »
(p. 246), de « tout ce qui palpite et tout
ce qui saigne » (p. 243). En ce qu'il
est quête perpétuelle de l'autre et de
son altérité, empathique au monde, il
dépasse donc largement le « *seul souci
de sa souffrance* » (p. 15).

Pour conférer à cette souffrance du
poète une dimension pathétique, il
y a certes l'omniprésence du lexique
de la souffrance — « souffrance »
(p. 15, 42, 56, 167, 174, 243), « souffrir » (58-59, 76, 237), « douleur » (30,
55-56, 58, 63, 67, 115, 147, 163, 176,
232, 236, 243-244, 246), etc. —, ainsi
que les nombreuses métaphores et
comparaisons à visée émotionnelle,
qui exploitent souvent le champ lexical
du martyre et *incarnent* proprement
la souffrance du poète, comme ici :
« On peut me déchirer de toutes les
manières / M'écarteler briser percer de
mille trous / Souffrir en vaut la peine et
j'accepte ma roue » (p. 237), ou encore
p. 58, 245.

Mais c'est, à l'évidence, le lien constant que le locuteur recherche avec l'autre — l'autre souffrant, l'autre qui a souffert — qui donne véritablement sa dimension pathétique au poème : « Chaque douleur humaine veut / Que de tout ton sang tu l'étreignes » (p. 115). Comme à son corps défendant, mais parce que « c'est l'Homme qu'on exécute », le poète endosse parfois l'image du Christ en croix avec « la pourpre le roseau l'épine » : « Ici commencent le calvaire et les stations et les chutes / Je ne remettrai pas mes pas dans les pas de la Passion » (p. 201).

Le lecteur enfin est directement pris à parti afin que s'établisse en retour ce lien d'empathie que le poète veut susciter chez lui ; mais de façon ambiguë, comme celui qui est susceptible d'accroître ou au contraire d'apaiser la souffrance du locuteur, comme maître en somme des affects du poète (« laissez-moi », « écartelez-moi », p. 58, « écartez de moi ce miroir », p. 243). Il ne s'agit pas d'obtenir tant l'amour de l'autre que sa pitié ou sa colère, dans une relation passionnelle et violente, où le poète se définit toujours comme victime, voire martyr, mais parfois aussi — essentiellement dans « Je traîne après moi trop d'échecs et de mécomptes... » (p. 176-177) — comme bourreau potentiel.

Sur le plan énonciatif, la persuasion est donc à l'œuvre, soutenue par les figures d'insistance et de répétition, ici d'un même patron syntaxique (« ne puis-je... n'ai-je à mon tour le droit... n'ai-je... ne puis-je ») ; ailleurs par l'usage des intensifs et les hyperboles (« mille trous », « toutes les manières »), les accumulations (« M'écarteler briser percer ») ; des phrases injonctives, usant fréquemment de l'impératif pour supplier (« laissez-moi ») ou du subjonctif quand il s'agit d'invocations en appelant à un ordre supérieur (« Que de leurs débris une aube se lève / Qui n'ait jamais vu ce que moi j'ai vu », p. 203) ; des phrases exclamatives, perceptibles seulement, faute de ponctuation, par les interjections (« ah » ; « adieu », p. 214 ; « hélas », p. 102, 142, 186) ou phrases interrogatives, comme ci-dessus, quand l'interro-négative oratoire suggère autant le désarroi du locuteur qu'elle vise à s'assurer de l'assentiment du lecteur.

TRAGIQUE, ÉPIQUE

Dès lors qu'intervient, comme dans le cadre de l'invocation ou de l'imprécation, une puissance supérieure sur laquelle le locuteur n'a pas de prise, nous quittons le registre pathétique pour le registre, fort proche sur le plan stylistique, du tragique. Celui-ci met spécifiquement en scène une tierce personne ou puissance inamovible, inaccessible à la pitié : le « destin » (p. 97, 151, 178, 184, 199), qui prend le visage de la guerre (« Notre destin ressemble-t-il à la guerre d'Éthiopie / On ne croit jamais dans l'abord que ce soit la peste qui gagne », p. 199), la « destinée » (p. 23, 63, 238) aux mêmes teintes (« Comment vous regarder sans voir vos destinées / Fiancés de la terre et promis des douleurs », p. 63), ou encore le « ciel » (p. 21, 25, 29, 184, 216, 239), « toujours impénitent » (p. 21) et vengeur (« Le ciel va-t-il vraiment me le tenir à crime », p. 239), qui acquiert plus souvent une connotation métaphysique lorsqu'il est employé au pluriel (« cieux », p. 43, 79, 97, 135, 152, 175, 245). Il insiste donc sur l'expression de la fatalité incontournable de la guerre et de la tyrannie (« la marque du monstre », p. 56) contre le déchaînement desquelles l'homme lutte en vain, puisqu'il les a lui-même engendrées.

Aussi la dimension tragique du *Roman inachevé* est-elle perceptible dans l'engagement moral même du poète envers ou contre ce qui le dépasse — envers l'humanité tout entière dont il embrasse résolument le sort — percevant qu'au-delà de son destin propre, c'est celui de tous qui est en jeu : « Chacun se bâtit un destin comme un tombeau sur la colline / Il n'est plus de chemin privé si l'histoire un jour y chemine » (p. 97), et dans le déchirement du locuteur, pris aux rets d'une aporie amenée par la révélation du rapport Khrouchtchev : partagé entre son appartenance à une communauté — celle des communistes — qui l'engage à ne pas trahir les siens, et son engagement à défendre l'humanité souffrante et à dénoncer les atrocités staliniennes (« Faut-il se borner à subir et se taire », p. 236). Au cœur même du Parti communiste, « les communistes sont profondément divisés. Chez les lecteurs potentiels d'Aragon, l'exigence de dire n'est pas moindre que celle de ne pas dire[1] ». En somme, le tragique du locuteur du *Roman inachevé* tient dans la division schizophrénique de l'homme, qui rejoue sans fin le drame originel.

Cette dimension tragique du destin de l'homme aragonien aux prises avec l'« horreur démesurée » (p. 42), doublement indicible, est ainsi perceptible dans certains poèmes aux images hugoliennes, marquées par la démesure contre laquelle il s'élève, inhumaine et transcendante, comme dans le poème «Voilà donc où tu perds malheureux... » où, avec le vers long de seize syllabes, il fait intervenir le *topos* des éléments déchaînés pour illustrer le combat inégal de la « créature » contre les « cieux » (p. 42-43).

1. G. Mouillaud-Fraisse, « 1956 ou l'indicible dans *Le Roman inachevé* », art. cité, p. 174. Voir Dossier, p. 236.

Or cette vision tragique, voire épique du monde, alors que les « cieux » lui apparaissent « galvaudés » (p. 135), parce qu'il ne peut plus croire en rien (« et qui pourrait jamais encore y croire », p. 70), semble bien dénoncée ironiquement par le poète, à plusieurs reprises dans le poème (« On solde les héros les cieux les passions », p. 165; « Faut-il donc sans y croire accomplir les mystères », p. 236). Il dénonce ici la vanité de cette disproportion hugolienne qu'il vient d'exploiter et l'« ivresse » qu'on peut en ressentir : « Tout cela qui peut-être rien qu'en raison des proportions / Semble pis que le simple soupir et la bave au coin des lèvres » (p. 43). Le tragique et avec lui la dimension épique de la guerre devenus théâtre sont tournés en dérision : « Tout cela pourtant qui nous laisse ivresse amère et grandiose / Comme à l'enfant le rouge du rideau qui tombe au Châtelet / Pour que l'écume à nos pieds jette au ruissellement des galets / En pure dérision ce baigneur de celluloïd rose » (*ibid.*).

Pour le poète, une lecture tragique ou épique du monde si séduisante soit-elle, est révolue; « L'histoire [...] ne sait plus le nom des héros » (p. 197). « L'étrange époque où de partout venaient les cervelles brûlées / Héros obscurs et vieux forbans le pire le meilleur complète / Dans un nouveau

romancero de sang d'or et de violette /
Et c'est comme si des soleils dans les
ruisseaux avaient roulé » (p. 200).

Une telle lecture héroïque du
monde n'est plus possible dès lors que
le « ciel [a chu] sur la terre », dès lors
que les « soleils » ont « roulé » « dans les
ruisseaux » (*ibid.*) ; c'est que le destin
individuel se tisse à celui des autres,
que les responsabilités des hommes
dans la fabrique de l'Histoire sont par-
tagées, et que les hommes eux-mêmes
sont duplices : « Peut-être étais-tu fait
pour lutter contre les autres éléments /
Non pas contre l'homme et la femme
avec qui l'on ruse et l'on ment / Mais
les volcans pour leur voler le feu premier qu'ils allumèrent » (p. 96). Seule
subsisterait, pour l'homme désillu-
sionné, la possibilité de l'ironie tragique.

IRONIE, DÉRISION

En vertu de cette désillusion qui gou-
verne le regard du poète sur lui-même
et le monde (« Et les belles illusions ont
duré ce que dure un songe », p. 199),
comment qualifier l'ironie du *Roman
inachevé* ? Ne serait-elle que moderne,
en ce sens qu'elle ne recélerait pas
nécessairement, dans la dualité de son
discours, une vérité que le locuteur
validerait *in fine* ? Car que croire désormais ?

1. Voir Cécile Narjoux, « "Un certain ton d'humour". Pour une poétique de l'ironie dans *Les Voyageurs de l'impériale* », *Poétique*, n° 132, novembre 2002, p. 459-488.

2. Philippe Hamon, *L'Ironie littéraire, essai sur les formes de l'écriture oblique*, Hachette, 1996.

3. Vladimir Jankélévitch, *L'Ironie*, Flammarion, 1964, p. 11.

4. Aragon, *Traité du style*, Gallimard, Coll. « L'Imaginaire », 1928, p. 139.

L'ironie aragonienne[1] s'apparenterait alors à l'ironie — moderne — que P. Hamon définit comme celle du « charivari généralisé[2] », comme celle qui, si elle « nous délivre de nos terreurs » selon l'expression de Jankélévitch, nous « priv[e] de nos croyances[3] » ? « L'humour, disait le jeune Aragon du *Traité du style*, est une condition de la poésie[4]. » Il se voudrait assurément ici une condition d'échappée belle à l'indicible. Nous avons remarqué en effet que lorsque le poète se trouvait confronté au souvenir intolérable, passé la tentation du silence ou de la déraison prosaïque, la « mécanique » de la mélodie et le métadiscours constituaient des parades sûres. Il faut y ajouter la « dérision » (p. 43, 79, 241), par laquelle le locuteur exprime sa distance vis-à-vis d'un monde divisé, qu'il perçoit comme théâtre, seule lecture possible du chaos : « Tu m'as conduit dans cet autre pays de la confusion / Dans ce pays de banqueroute où rien n'est que dérision / Décor plâtras » (p. 241).

Le texte de Keats en exergue de « Poésies pour tout oublier » l'atteste, qui veut donner le ton de la section, où le poète déclare impossible de « peser les mots » (p. 216). Les accumulations prosaïques et triviales sont naturellement un procédé humoristique, dont la saveur est renforcée par l'écart qu'elles forment avec l'écriture

141

romantique attendue de Keats. La légèreté recherchée par notre poète est encore soulignée par le choix qui va suivre du vers court, dont la dimension « mécanique » salutaire ressort ainsi peut-être davantage. Au fond indicible, le poète oppose donc ponctuellement les prouesses et les jeux formels, le bestiaire sans gravité, la fantaisie, qui suggèrent assurément que le mot « se détache de ce qu'il nomme » (p. 83). La présence ici de Robert Desnos (p. 217), là de Lewis Carroll avec un extrait du « Quadrille des homards » (p. 102-103), l'évocation des essais d'écriture automatique soulignent qu'aux yeux du poète la dérision par les mots n'est guère éloignée de la « déraison » des « chimères » (p. 81), et que cette « jungle des jongleries » (p. 83) constitue effectivement un refuge pour l'homme qui ne veut pas voir le monde tel qu'il est et que peut-être « Le carnaval est là pour lui prouver que la vie est marrante » (p. 241). Le « bestiaire » (p. 82) lui est alors un refuge, tout comme les « hiéroglyphes » (p. 81). Aussi retrouvons-nous dans la dérision aragonienne, d'une part, un profus lexique animal, proprement carnavalesque (« petits poissons », « hérissons » (p. 207), « toutous », « lapins » (p. 217), « brèmes », « maquereaux », avec manifestement une syllepse de sens[1] argotique

1. La syllepse de sens est une figure par laquelle la même occurrence d'un mot recouvre deux signifiés, et qui donc joue sur la polysémie.

(p. 217), « ours », « lapin russe », « mouton frisé », « martre-zibeline » (p. 220) — et l'on notera l'intérêt du poète pour les noms caractérisés ou composés, écho affaibli peut-être de l'« antilope-plaisir » et autres « mouettes compas » (p. 81) du surréalisme —, « opossum », « loutre marine » (p. 221), « vison », « renard », « castor » et « skunks », « chinchilla », « hermine » ou « phoque » (p. 222), « cochon », « vaches » (p. 224), « singe » (p. 225); avec là encore, pour ces derniers, des syllepses de sens. D'autre part, on retrouve le goût du jeu dans le travail sur le mot et ses sonorités : rimes riches (« lestes » / « L'Est », p. 219), mariant le lexique moderne à l'ancien (« exquis » / « ski », p. 217; « mœurs » / « *furs* », p. 220) et contrastées par le télescopage de réseaux lexicaux appartenant à des domaines différents (« philosophie » / « rififi », p. 225; « brise-bise » / « psychanalyse », p. 224), l'irruption dans le vers de termes étrangers (« cosy-corner », p. 224), ou spécialisés (« hyposulfite », p. 143; « paradichlorobenzène », p. 221), ou au contraire l'accumulation de vocabulaire trivial (« gaudriole » / « gloriole » / « cabriole » / « grolles » ou « caleçon » / « saucisson » / « polissons », p. 206-207).

Toutefois, la dérision n'est pas l'apanage des poèmes courts, lesquels ne sont pas seulement, ni même nécessairement, légers. Tantôt, le poète recourt au dégonflage et à la destruction de ses croyances au sein d'un poème plus ample, censé être d'inspiration plus noble; au terme d'une accumulation hyperbolique ou grandiloquente, l'auteur propose une chute par un terme détruisant tout le système préalablement mis en place. Ainsi, on l'a vu, dans l'ample poème hugolien, la chute montre le détachement de l'horreur qui le clôt « en pure dérision » avec « ce baigneur de celluloïd rose » (p. 43) alliant le métadiscours et l'ironie; tout comme, plus loin, le tableau amoureux du « plein midi d'aimer » (p. 110) a encore une double chute, fondée sur l'ironie de l'image triviale et le métadiscours : « Pour que le tableau soit complet il y manque encore les mouches / Et le dégoût et la fatigue et les pavillons de banlieue » (p. 111).

Tantôt, le poète déjoue à la rime l'attente du lecteur — et sa culture classique : « Et l'aube avait des doigts de fonte » (p. 146) vient rimer avec « honte » dans le vers suivant, et non avec « morose » dans le vers précédent comme l'aurait permis l'épithète homérique convenue « aux doigts de rose », soulignant de ce fait la désillusion vénitienne. Tantôt, c'est à l'initiale d'un poème en alexandrins que l'on décèle le recours au pastiche héroï-comique — imitation d'un style noble appliqué à un sujet vulgaire — tel « Je demeurai longtemps derrière un Vittel-menthe » (p. 80) déjà rencontré qui tourne ainsi en dérision *et* la pose du jeune homme *et* le vers racinien transposé.

Tantôt au contraire, sous l'apparente légèreté du propos, c'est l'horreur qui pointe ; ainsi, il ne se passe guère de « mots » après l'exergue de Keats, que l'horreur ne reprenne le dessus et, qui plus est, dans la surenchère, qui mène du « fourneau Becuwe » (p. 222) de Landru à Hiroshima en passant par les fours crématoires (p. 225).

En somme, la dérision carnava-lesque et théâtralisée se déploie sur un fond d'horreur qu'elle ne parvient plus à endiguer puisque désormais le poète sait que « le mot ne vient qu'après la chose » (p. 113). Malgré la coha-bitation des contraires, le regard du poète reste hanté par l'« horreur démesurée » ; s'il ne réussit pas tou-jours à « peser les mots », selon la formule de Keats mise en exergue (p. 216), il échoue également à faire que « les beaux nuages » de ses mots « détournent les tragédies » (p. 113), en somme, il ne parvient vraiment à « parl[er] d'autre chose » (p. 216).

L'ironie aragonienne dans *Le Roman inachevé* n'est donc peut-être pas tant celle du « charivari généralisé » que celle qui voudrait en prendre le contrepied et n'y arrive plus ; car subsistent dans le poème quelques certitudes farouches, qui en font une œuvre engagée ; si le « soleil » a pu déchoir, il n'a pas été emporté par la tourmente, sauvé résolument par le poète : « Je porte le soleil dans mon obscurité » (p. 234). Aussi bien, affirme-t-il, « le bonheur existe et j'y crois » (p. 240).

ÉLOGE D'ELSA ET DU BONHEUR

Cette foi dans le bonheur est, on le voit, directement liée à l'entrée d'Elsa dans la vie du poète et dans l'espace du poème. Au demeurant, la « prose » finale, au sens liturgique du terme, qui est un hymne latin, versifié, et souvent rimé, intitulée « Prose du bonheur et d'Elsa », établit une équivalence entre le terme abstrait « bonheur » et Elsa, suggérant l'idéalisation de la seconde, sa possible désincarnation en allégorie. De fait, son importance dans le poème n'est pas tant réelle, quantitative, qu'emblématique. Si *Le Roman inachevé* lui est finalement dédicacé, elle apparaît seulement dans la troisième section, à la fin du « Vieil homme », sous la forme synecdochique d'une « main » caressant le front du locuteur (p. 170), puis explicitement apostrophée dans « L'amour qui n'est pas un mot » (p. 171) ; c'est encore elle qui est désignée par la deuxième personne dans le poème suivant « Tu m'as trouvé comme un caillou... » (p. 174). Elle disparaît dans les deux poèmes suivants pour réapparaître dans « Il aurait fallu... » (p. 181), mais comme « non-personne » — ou troisième personne — emblématisée, là encore par la synecdoque, dans sa « main » ou ses « bras », un « geste », un « front », « deux yeux ». Dans « Et la vie a passé... » (p. 183), elle est à nouveau celle à qui s'adresse le poète. Le « nous » qu'utilise le locuteur dans les poèmes suivants, à partir de « Cette vie à nous », est le seul indice d'une présence éventuelle d'Elsa à ses côtés dans ses souvenirs (p. 185, 189, 191). Les trois poèmes qui viennent ensuite ne l'évoquent pas. Elle réapparaît dans un poème qui lui est entièrement dévolu et qui évoque la nuit de 1938 où elle faillit mourir (p. 204) ; sa présence plus ou marquée, plus ou moins directe, est à nouveau notable dans les poèmes « Quand on se réveillait la nuit... » (p. 208), peut-être derrière le « on », dans le « tu » du poème « Quand ce fut une chose acquise... », suggérée encore par le « ciel bleu » du poème suivant (p. 210), comme par le double sens du « printemps » dans « le prix du printemps » et le double sens de « soleil » dans « La nuit de Moscou » (p. 234). Enfin, elle constitue véritablement le propos des deux derniers poèmes du *Roman inachevé*. Autant dire qu'Elsa apparaît véritablement et seulement dans huit poèmes sur les soixante-seize qui font *Le Roman*. Toutefois, elle y apparaît sous un jour idéal, sans aucune ombre portée au tableau contrairement à Nancy Cunard, dont la présence est quantitativement plus marquée, mais connotée péjorativement (« Et celle-là pour qui tu saignes / Ne sait que souffler sur le feu », p. 115), notamment par la distance ironique (« il y manque encore les mouches », p. 111).

L'idéalisation d'Elsa relève donc du registre épidictique qui vise à atteindre le destinataire en mettant, ici, en valeur, par l'éloge, une personne présente. Vis-à-vis d'Elsa, aucune forme d'ironie n'apparaît, aucun trait négatif, aucune distance. On ne fera pas le compte des termes mélioratifs qui caractérisent la muse du poète. Mais on pourra cependant constater que le « portrait de la bien-aimée » (p. 246) que le poète est censé avoir brossé est bien lacunaire, pour ne pas dire absent, et qu'au service de son idéalisation la profusion de termes mélioratifs qui lui sont apposés élabore un corps non pas tant réel qu'éthéré, épuré (« Elsa ma lumière », p. 245). Le signale d'abord la conjonction des sèmes /lumière/ et /pureté/ dans ses caractérisants : « Pareille au soleil des fenêtres » (p. 171), « son front était blême » (p. 204), « le front pur de l'enfant » (p. 237), « la lumière sur ta joue » (p. 172) ; « cette lumière / Depuis le premier jour à jouer sur ta joue », « Sa paupière a gardé le teint des anémones » (p. 237). Le signale aussi un corps morcelé, nous l'avons vu, dont les « bras », « les mains » sont les principaux emblèmes. C'est encore un corps remarquable — parce que présent et vivant au poète — pour sa proximité (« De l'air qui te fait rattachant / Tes cheveux ce geste touchant », p. 171 ; « quand ta robe en passant me touche », p. 181 ; « Un front qui s'appuie / À moi », p. 182, 184 ; « Quand contre mon épaule indolemment tu mets / Ta tête », p. 237 ; « Tu m'as pris par la main », p. 239), pour le mouvement de captation, de circonscription de lui-même qu'ébauche ce corps d'Elsa venu à la rencontre du sien. De fait, le poète semble porter une attention extrême à ce geste d'enserrement de lui par sa muse, par lequel il semble se recentrer, s'éprouver mieux (« j'ai pleuré [...] dans tes bras », « je rêvais dans tes bras », p. 184), comme le suggère la fin de ce poème qui se clôt sur sa propre main et non celle d'Elsa : « De serrer ma main dans la tienne / Longuement simplement ma main »

(p. 209). D'avoir été trouvé par Elsa (p. 174), le poète lui-même se trouve. C'est bien elle qui fait figure de « fidèle miroir » où le poète se reconnaît (p. 238) plutôt que la réciproque. Elsa n'est pas tant décrite qu'elle ne sert à dé-finir le poète, comme le remarque aussi Wolfgang Babilas[1]; il ne fait pas tant son « portrait » qu'elle ne constitue le cadre du sien. Embrassant proprement l'homme, le poète, Elsa apparaît bien comme un barrage ou un garde-fou, celle « dont les bras ont su barrer / Sa route atroce à ma démence », dit le poète (p. 173), celle qui fait à sa vie « un grand collier d'air » (p. 181). Et si, plus loin, dans « Prose du bonheur et d'Elsa », c'est moins le geste d'enserrement d'Elsa par le poète qui prévaut que la possession d'Elsa, comme l'atteste le remplacement des verbes de mouvement, de rapprochement, par des verbes statifs : « Toi que j'ai dans mes bras » (p. 236), « Je te tiens contre moi », « quand je t'ai dans mes bras » (p. 237), on peut supposer que c'est alors lui-même qu'il possède ainsi, pouvant affirmer à Elsa : « C'est par toi que je vis » (*ibid.*).

Le cadre structurant que le poète confère *in extremis* — comme aux extrémités du livre — à la présence d'Elsa délimite donc avant tout un espace personnel, une identité, un précieux « paysage intérieur » (p. 184),

1. « L'autoportrait du moi-je dans *Le Roman inachevé* », in *Aragon 1956*, *op. cit.*

moins soutenu, cependant, par des métaphores spatiales (« Il suffit d'une main que l'univers vous tienne », p. 236) que spatio-temporelles, insistons-y; si Elsa ouvre un espace au poète, un « ciel bleu » (p. 210), un « univers » : « Et tout m'a semblé / Comme un champ de blé / Dans cet univers / Un tendre jardin / Dans l'herbe où soudain / La verveine pousse » (p. 182), c'est d'abord parce qu'elle lui est un temps nouveau; elle est au poète une « naissance » du « jour » (p. 170), une « aube » (p. 243), un « printemps furtif » (p. 237), une « jeunesse » (p. 171), un « avenir ». Autant d'images que le poète octroie également à ses croyances politiques. Dans « La nuit de Moscou », « l'aube prochaine » (p. 232, 234), « le printemps » (p. 233) — « le printemps de l'Armée rouge », dit-il explicitement ailleurs (p. 215) — mais également « le bonheur aussi grand que la mer » (p. 233), et « le jardin bleu » aux « fleurs jamais fanées » (p. 233) caractérisent implicitement sa foi dans le communisme; ce qu'il nomme « l'utopie » (p. 233). Il n'est pas jusqu'au « soleil » dont on a vu qu'il qualifiait de même Elsa qui ne caractérise cette foi politique. C'est cet étonnant tressage d'images qui laisse à penser que le personnage d'Elsa, tel qu'il apparaît ici, est bien le soutènement de son engagement, une allégorie, ou que, du moins, il le devient.

Mythe, utopie politique, Elsa, qui est au poète « Un monde habité par le chant » (p. 171), est aussi la Muse, la Poésie personnifiée, en cela figure apollinienne de l'art maîtrisé — Apollon étant, pour Nietzsche, la figure de la raison, expression du « goût de tout ce qui simplifie, souligne, rend fort, distinct, net, caractéristique[1] », par opposition à Dionysos, figure dangereuse, dieu de la démesure et de la possession. Elle est celle par qui le chant peut renaître, et renaît, tirant celui-ci hors de l'indicible, hors du désespoir, hors de « l'orage de la prose », « toute mesure perdue » (p. 56), vers une « nouvelle manière », avec « le goût nouveau d'un langage de plein midi » (p. 183). Barrage, collier, cadre, borne, mesure sont autant de termes qui définissent le rôle poétique du mythe Elsa, qui a donné au poète, « leçon comme jamais de me borner, pour écrire ce qui n'a point de bornes[2] ».

1. Fr. Nietzsche, *La Volonté de puissance*, Gallimard, coll. « Tel », 1995, 2 vol., t. II, p. 445.

2. « C'est là que tout a commencé », *ORC*, I, p. 713.

La part du mythe, dans la célébration d'Elsa, qu'Aragon a toujours déniée en affirmant qu'Elsa est avant tout une femme réelle, nous semble conforter ce souci de détacher la poésie de la circonstance biographique. Mythique, Elsa n'est plus Elsa Triolet, sans pourtant ne pas l'être, le chant lyrique l'élevant et s'élevant au-dessus de l'ancrage biographique. La coïncidence de la résurrection poétique d'Aragon et de l'invention d'Elsa confirme, comme l'a très bien noté Olivier Barbarant [« À travers Elsa, c'est peut-être alors la célébration de la poésie par elle-même qu'Aragon recherche, fidèle en cela à la *fin'amor* médiévale, où la femme célébrée servait surtout de prétexte à une fureur poétique[1] »], que la célébration de la poésie elle-même est en jeu. Ajoutons que cette superposition de la louange de la femme et de la célébration du chant inscrit fortement cette « poésie d'amour », toujours tendue vers une vérité mythique, dans la plus pure tradition lyrique[2].

1. O. Barbarant, *Les Yeux d'Elsa*, Nathan, coll. « Balises », 1995, p. 105

2. N. Piegay-Gros. *L'Esthétique d'Aragon*, *op. cit.*, p. 101.

3. L. Fourcault, *Lectures de la poésie française*, *op. cit.*, p. 16 et 17.

4. *Ibid.*, p. 16.

5. *Ibid.*, p. 18.

La fonction d'Elsa, « pareille au soleil des fenêtres » (p. 171), est alors étonnamment proche de celle de la forme poétique décrite par Laurent Fourcault, « ce cadre rituel » tracé sur la page blanche, « cette zone sacrée[3] » par lui délimitée dans laquelle le poète peut mettre en scène « sa propre disparition, ou plus exactement son jeu vertigineux avec l'informe[4] ». Et L. Fourcault d'ajouter que « le même principe est à l'œuvre dans les poèmes à forme fixe [...] mais il y est tempéré parce que subordonné à une codification forte des formes. La différence réside, si l'on veut, dans l'abondance et la rigidité des garde-fous dont on s'entoure[5] ». Il est donc temps de nous intéresser à ces « garde-fous » choisis par le « forcené » (p. 178) pour y faire « entrer l'infini ».

IV ESTHÉTIQUE DE LA « DÉ-MESURE »

LE LONG, LE COURT

En vertu des limites de son identité que le poète a voulu connaître (p. 120), en vertu de son besoin d'embrasser ses propres contours, Aragon joue de la distribution et de la variation des formes comme d'un « accordéon », tel celui dont jouait *Le Paysan de Paris*, où le narrateur se prend au « vertige » du jeu sur les signifiants, et notamment celui auquel il se livre avec le mot « pessimisme », et qui se dote d'une dimension musicale : le mot acquiert une matérialité véritable en devenant accordéon. Aragon, au moyen de cette lyre moderne, souligne la puissance poétique insoupçonnée de tout mot, de toute forme dont il peut jouer à sa guise :

PESSIMISME — PESSIMISM — PESSIMIS
PESSIMI — PESSIM — PESSI
PESS — PES — PE — P — p..., plus rien[1].

1. *Le Paysan de Paris*, Gallimard, coll. « Folio », p. 63.

HÉTÉROGÉNÉITÉ

Dans *Le Roman inachevé*, cette expérimentation des limites formelles s'appuie sur la forme même du poème. « Au

1. Olivier Barbarant, *La Mémoire et l'excès*, Champ Vallon, 1997, p. 144.

moment de sa parution, aucun livre de poème [...] au XXᵉ siècle français n'avait à ce point parcouru la lyre[1] ». Depuis « l'orage » (p. 56) des « trois proses », en passant par le vers libre (comme par exemple dans « Vieux continent de rumeurs... », p. 119), le vers de seize syllabes, qui naît avec *Le Roman inachevé*, l'alexandrin, comme dans « Le Téméraire » (p. 29), parfois le décasyllabe (« *Marguerite Marie et Madeleine* », p. 35), plus souvent l'octosyllabe comme dans « C'était un temps de solitude... » (p. 50), jusqu'aux vers les plus brefs, tel le monosyllabe (« Chut », p. 196), le dissyllabe (« Mais on / S'y aime », p. 197), le trisyllabe (« Comme en Corse, p. 219), le tétrasyllabe (« Le beau bébé », p. 218), le pentasyllabe (« Où faut-il qu'on aille », p. 123), l'hexasyllabe (« Vendre la peau de l'ours », p. 220) ou l'heptasyllabe (« Petite clarté saute saute », p. 19 ; « Il règne des vues diverses », p. 219), Aragon exploite toutes les mesures possibles. Il s'agit pour lui de « donner comme un parfum de cette diversité que le roman [m']impose. Et dans les vers employés, la diversité des mètres, des strophes. Et d'un poème à l'autre, d'un chapitre à l'autre, les diverses techniques, du vers traditionnel à la prose du poème en prose, en passant par le vers non compté, qu'on appelle curieusement libre[2] ».

2. « On trouve ce texte sur deux feuillets manuscrits dans les dossiers manuscrits du *Roman inachevé*. Au Fonds Aragon-Elsa Triolet, Paris. » Cité par Lucien Victor *in* « Le vers de seize syllabes dans *Le Roman inachevé* », in *Aragon 56*, *op. cit.*, p. 190 et p. 204 pour la note.

Il joue également en effet du

nombre de vers dans chaque strophe, avec, par exemple, le tercet du «Téméraire » (p. 29), le quatrain de « Sur le Pont Neuf... » (p. 15), le quintil d'« Une respiration profonde » (p. 26), le sizain de « Or nous repassions sur la Vesle... » (p. 68) le huitain de « C'était un temps de solitude », ou de l'ampleur même de chaque poème depuis la vaste « Prose du bonheur et d'Elsa » de 235 vers jusqu'à l'unique quatrain qui compose le poème « Ô mois d'août quarante-quatre... » (auquel certes on peut ajouter les six lignes vides notées en pointillé).

Cette forte hétérométrie — et hétérostrophie — est naturellement liée à la perception de soi du locuteur, aussi bien dans l'espace (« J'ai voulu connaître mes limites », p. 120) que dans le temps, dont il rappelle la conscience fluctuante : « Le long pour l'un pour l'autre est court » (p. 124). Le poème du même titre, véritable art poétique, illustre cette conception liée du temps et du vers, qui fait alterner le vers long de seize syllabes — apte à exprimer une « temporalité ouverte, un présent jeté dans le « vif-argent » du temps qui s'écoule avec lui, une phrase aventureuse à la recherche de son propre devenir[1] », et le bref pentasyllabe — apte à restituer « la cristallisation du présent que raconte le souvenir », un « temps replié, clos sur

1. O. Barbarant, *La Mémoire et l'excès, op. cit.*, p. 149.

lui-même[1] ». « Aragon dispose dès lors de deux moyens de dire le temps, et soi-même : celui, arrondi, protecteur et délicieux, de la ritournelle ; celui, dilaté, ouvert au chaos, du vers très long où les effets de style sont préservés de toute grandiloquence par l'ampleur[2]. »

Si Aragon prend certaines distances par rapport à la tradition du mètre arrêté à longueur d'alexandrin, c'est que sa « voix » éprouve le besoin de « se lance[r] à la conquête d'une forme plus ouverte[3] ». De formes plus ouvertes, faut-il dire. Cette ouverture qui va vers la « dé-mesure » se traduit dans *Le Roman inachevé* par *plusieurs* choix stylistiques : le vers de seize syllabes, le vers libre et la prose.

SEIZE SYLLABES

Au sein du vers métré, la démesure est aussi signifiée, nous l'avons vu, par l'invention du vers de seize syllabes, tout à fait nouveau en français[4]. Lucien Victor rapporte un projet inédit de conférence d'Aragon dans lequel le poète justifie son choix : « Il faudrait que je vous explique les avantages que je trouve au grand vers de seize syllabes, assez rare dans la prosodie française, et où se réintroduit une sorte de scansion qui la rapproche des prosodies à accent tonique. Il faudrait que je vous dise comment dans ce grand vers on a la liberté de réintroduire une infinité de petits mots qui n'entrent pas dans l'alexandrin [...][1]. » Dans ses entretiens avec Francis Crémieux, Aragon dit aussi : « L'introduction des vers longs s'accompagne chez moi de vers non comptés qui constituent de longues respirations alternant avec des plus courtes, qui ne sont pas de coupures égales. »

1. L. Victor, « Le vers de seize syllabes dans *Le Roman inachevé* », art. cité, p. 191-192.

« Il me plaît que mon vers se mette à la taille des chaises longues » (p. 26), signale le poète au lecteur qui n'aurait pas constaté la démesure. La parole qui s'investit dans cette forme n'est pourtant pas détendue, loin s'en faut. Au contraire, la démesure engagée par le seize syllabes a un fond tragique, comme le souligne Aragon plus tard, dans *Les Poètes*, au sujet du vers de vingt syllabes : « J'ai choisi de donner à mes vers cette envergure de crucifixion / Et qu'en tombe au hasard la chance n'importe où sur moi le couteau des césures / Il me faut bien à la fin des fins une mesure à ma démesure / Pour à la taille de la réalité faire un manteau de mes fictions[2]. »

2. *Les Poètes*, *op. cit.*, p. 244.

La « respiration profonde » qu'offre le vers de seize syllabes dans *Le Roman inachevé* ne permet pas tant au poète de souffler ou d'oublier le « charnier plein de murmures » qui motive l'écri-

ture du *Roman inachevé*, que d'en restituer au contraire la plainte, « Plainte
que j'ai portée en moi toute la vie »
(p. 135), « Ce terrible et long crescendo / C'est la plainte qu'on ne peut
dire / Qui des entrailles doit sortir »
(p. 131). Plainte donc longtemps
contenue par les formes des recueils
précédents, mais qui s'en affranchit
désormais, par la vertu de cette forme
nouvelle, cadrée toujours par le blanc
de la page, mais néanmoins enveloppe
personnalisée pour et par la voix d'un
poète qui a décidé de lever le masque,
de quitter « les beaux habits du soir un
à un » (p. 37). Au sortir de cette expérience proprement thérapeutique, le
poète peut afficher « ce cœur à la fin
calmé / De toutes ses plaintes » (p. 246).

On notera toutefois qu'Aragon ne
perd pas la conscience de ce qu'il
déborde par le choix de ce long vers ;
tantôt il met l'accent sur l'octosyllabe,
dont le vers de seize syllabes est le
dédoublement, par la fréquence de la
rime à la césure, ce qui est nettement
perceptible dans le dernier dizain des
« Dames de Carpaccio » (p. 145), dont
chaque vers peut se dédoubler et rimer
alors en /ise/ ou en /leur/, ici selon un
schéma croisé :

« Venise Venise indécise / Îles au loin
barques à *l'heure*

Tout est sans prix L'amour sans
prise / Un plaisir seul n'est pas un *leurre*

Et la lumière se divise / à l'arc-en-ciel rompu des *pleurs*

Car nulle part comme à Venise / on ne sait déchirer les *fleurs*

Nulle part le cœur ne se brise / comme à Venise la *douleur*

Chante la beauté de Venise / afin d'y taire tes *malheurs* » (p. 147).

C'est au demeurant un procédé emprunté à la métrique des troubadours, sous le nom de rimes ou vers biocatz[1].

Tantôt, plus rarement, il souligne le débordement qu'il constitue par rapport à l'alexandrin, ici par la répétition anaphorique des quatre syllabes — ou trois si l'on considère qu'il y a apocope du /e/ final — de « Une femme » dans plusieurs vers :

« Une femme / c'est un portrait dont l'univers est le lointain »,

« Une femme / c'est une porte qui s'ouvre sur l'inconnu

Une femme / cela vous envahit comme chante une source » (p. 105).

Le poème « Tu m'as trouvé comme un caillou... » (p. 174) montre les multiples possibilités de découpage qu'offre ce vers, et sur lesquelles joue Aragon, sans qu'il y ait nécessairement de régularité rythmique dans ce découpage, au point de le mener parfois à abandonner le contrôle de la mesure, en supprimant par exemple toute perception de césure, comme

1. « Par un jeu systématique de rimes intérieures, quatre vers de seize syllabes contiennent également un huitain d'octosyllabes », Michèle Aquien, *Dictionnaire de poétique*, Le Livre de Poche, 1993, article « Rime », p. 248.

dans le vers « Le sillon pareil du cœur et de l'arbre où la foudre tomba » (*ibid.*). Il se rapproche alors du vers libre.

VERS NON COMPTÉ

L'affranchissement de la contrainte formelle se traduit de même par le choix circonstancié du vers libre ou de la prose ; la différence entre ces deux formes tient dans le maintien ou non du cadrage par le blanc de la page, lui-même souligné par le retour à la ligne et la majuscule.

Le vers libre est ce qu'Aragon appelle les « vers non comptés qui constituent de longues respirations alternant avec de plus courtes, qui ne sont pas de coupures égales [...] ce sont au vrai des versets qui relèvent de la tradition des psaumes, des textes sacrés[1] ». Nous retrouvons donc dans cette définition deux mots-clefs de sa conception du vers : espace sacré et respiration. À quoi il prend soin d'ajouter la notion de dé-mesure, c'est-à-dire non seulement la forte hétérométrie des poèmes ainsi constitués, mais également, bien que ce ne soit pas nécessairement l'usage chez tous les poètes, l'absence d'homophonies finales : ni rime ni système de rappel phonique en fin de vers.

Ces vers non comptés sont par-

1. «Vers et prose », in *Entretiens avec Francis Crémieux*, Gallimard, 1964, p. 148-149.

ticulièrement nombreux dans la deuxième section du recueil; ainsi le poème « Ici commence la grande nuit des mots... » (p. 83) en est-il constitué; de même que « Un soir de Londres... » (p. 99) ou « Vieux continent de rumeurs... » (p. 119), et certaines strophes du poème dédié à Primo de Rivera (p. 128). On trouve aussi le vers libre dans la dernière section, comme dans certaines strophes de « Quoi comment... » (p. 193) et dans « Le prix du printemps » (p. 211).

L'usage du vers libre est en étroit rapport avec un certain désarroi du poète, face au sens de son engagement dans l'écriture; il est donc fréquemment associé à un métadiscours inquiet; dans la deuxième section, ce sont « les déchirants souvenirs des années 1920[1] » évoqués par la « grande nuit des mots » quand « le nom se détache de ce qu'il nomme » (p. 83) et que par conséquent le poète « perd de vue la terre » (p. 85), ou l'évocation d'un gigantesque incendie dans l'enfer de Londres (p. 99) qui fait s'interroger le poète sur sa distance au réel face à ce qu'il voudrait ne pas voir comme seulement un « spectacle », ou encore ce poème où, précisément, le poète a « voulu connaître [s]es limites » (p. 120) et se souvient aussi avoir « oublié le sens élémentaire des mots » (p. 122). Dans la section sui-

1. Suzanne Ravis et Lucien Victor, *op. cit.*, p. 81.

vante, les deux poèmes concernés traduisent également une souffrance, une « dérive » (p. 193, 211), un « désordre » — « Remonte le fleuve alexandrin cherche / À comprendre à entendre ta propre pensée / Où suis-je » (p. 193) — ou un effondrement intérieur dans l'identification douloureuse du poète à « Pierre [...] qui donnas sans compter [s]a musique et [s]on chant » et mourut « perdu dans les éboulis d'Europe » pour son choix (p. 215).

Avec le trouble et le désarroi du locuteur, la tentation de la « dérive » se traduit par le choix du vers libre ; dont l'utilisation suggère toutefois que le poète tient encore la bride à son poème : « Il faut essayer de se raccrocher à un mot au moins une branche » (p. 193) : un cadre sacré subsiste marqué par le retour systématique à la ligne et la majuscule initiale.

En contrepoint de cette utilisation qu'il en fait, il faut donc entendre que le poète ne s'éprouve jamais mieux que dans le vers compté et rimé, garant véritable de l'adéquation du poète au monde réel, comme du mot à la chose, garant aussi bien de sa sérénité que de son identité.

DEUX OU TROIS « PROSES »

Lorsque survient « l'orage de la prose » (p. 56), Aragon « lâche » littéralement la bride à son poème, à sa souffrance ; le vers s'amplifie, passe de dix-sept à dix-huit syllabes avant de perdre tout à fait le compte de la mesure :

« Ah le vers entre mes mains mes vieilles mains gonflées nouées de veines

se brise et l'orage de la prose sillonnée de grêle et d'éclairs

s'abat toute mesure perdue sur le poème lâché comme un chien débridé

qui court à droite et à gauche flairant tournant cherchant la rime » (p. 56).

Si Aragon affirme que, chez lui, cette « prose » est « ponctuée »[1], ce n'est pas le cas des « trois proses » du recueil, qui en ce sens s'apparentent plutôt aux « versets » définis par le poète ; aussi bien « Ah le vers entre mes mains... » (p. 56) que « Ô forcené... » (p. 178) ou « Ils étaient deux dans les plâtras... » (p. 141) sont dépourvus de ponctuation, de majuscule systématique lors du passage à la ligne, et constituent, au moins pour la première et la dernière, des blocs denses de parole jetée « écumante soufflante haletante hors d'elle animal traqué » (p. 57). Elles se caractérisent par une sortie de la mesure, le débordement du vers par un « souffle » intérieur qui le submerge, souffle d'animalité — de la « bête échappée » (p. 56), ou d'inhumanité — celle du « forcené », qui étymologiquement

1. « Vers et prose », *Entretiens avec Francis Crémieux*, *op. cit.*, p. 149.

est donc hors du sens, de la raison (p. 178). Elles « signifient que quelque chose qui est de l'ordre de l'actualité politique et historique la plus brûlante et la plus douloureuse vient de se produire et qui brise et bloque le vers et interrompt ces plongées en arrière que le poème avait largement commencé de mettre en place et en musique[1] ».

La deuxième prose est différente, d'abord dans sa tonalité, beaucoup plus légère, dans sa syntaxe également — elle est dotée d'une trame narrative très lisible et ne laisse pas « place au cri, à l'informe, et à des formes de répétitivité obsessionnelle dans l'écriture[2] » ; enfin, dans sa forme même — outre qu'elle s'achève par sept quintils d'octosyllabes, on ne peut manquer de noter « des coupures à la taille de l'alexandrin ou l'octosyllabe[3] ». Par exemple, le segment suivant est constitué d'octosyllabes :

« Où retombais-je sur la terre / En quel temps sombre de poignards / Se peut-il que sur la cité / traîne le manteau des Sforza / Ces jeunes gens dans leur langage / ils sentaient l'ail et la grappa » (p. 141).

Plus loin, c'est une série de pentasyllabes que l'on décèle : « L'aurore est venue / Un type de plus / un bonhomme pâle / à l'air ennuyé / un gros œil saillant / qui s'assit bâillant / sans

1. S. Ravis et L. Victor, *op. cit.*, p. 82. Voir Dossier, p. 237.

2. *Ibid.*, p. 82.

3. « Vers et prose », in *Entretiens avec Francis Crémieux, op. cit.*, p. 150.

me regarder / écouta les gens / d'un air négligent / D'un revers de main / balaya la cendre / au bord de la table / et leva l'épaule / et dit quatre mots / comme s'il parlait / à des animaux / puis il me fit signe » (p. 142).

La « prose » s'achève par deux vers cachés de seize syllabes. Nous sommes donc bien loin de la « mesure perdue » dans ce poème, qui offre encore une autre sorte d'écriture, plus proche en apparence de la « prose » éperdue des deux autres poèmes, mais en réalité moins éloignée formellement et psychologiquement du vers libre, lequel vient dénoncer une discordance ; ici entre deux images incompatibles de l'Italie : « la prose dévoile, derrière la « façade sculptée » des palais, la grossièreté brutale du fascisme menaçant[1] ».

1. S. Ravis et L. Victor, *op. cit.*, p. 87.

FORMES LIBÉRÉES

La liberté de son écriture est aussi notable dans l'absence relative des formes fixes traditionnelles. Un modèle toutefois revient avec fréquence, c'est celui de la *terza rima* ou *tierce rime*, d'ailleurs mis en exergue par le poète : « Je tresserai l'enfer avec le vers du Dante / Je tresserai la soie ancienne des tercets » (p. 29)[2]. On la rencontre dans « Le Téméraire » (p. 29), « Les beaux habits du soir... » (p. 37), « Grande chasse du ciel... »

2. Sur l'attachement d'Aragon à la métrique, voir Dossier, p. 225 (O. Barbarant, « Une débâcle de *bel canto* ».

(p. 44), « Dominos d'ossements… » (p. 65), « Le vieil homme » (p. 168), « Autrefois tout semblait ne pas nous concerner… » (p. 191).

La tierce rime est une « formule très ancienne d'engendrement de poèmes », « sorte de tresse versifiée que Dante avait utilisée dans *La Divine Comédie* et qui fut par la suite empruntée à l'Italie par les poètes du XVIᵉ siècle[1] ». Elle a connu « un succès modéré mais constant auprès des poètes à toutes les époques sans doute grâce à sa très grande souplesse[2] ».

Le poème est découpé en tercets et, dans chacun des tercets, le premier vers rime avec le troisième (*aba*). La rime du deuxième vers reste sans répondant dans la « strophe » mais trouve celui-ci aux premier et troisième vers du tercet suivant (*bcb*) : le même procédé est reconduit tout au long du poème de taille variable (*cdc, ded,* etc.).

1. Michèle Aquien, *La Versification appliquée aux textes,* Nathan, 1993, p. 107.

2. *Ibid.*, p. 108.

D'autres types de tercets existent dans *Le Roman inachevé,* comme ceux qui structurent les pentasyllabes du « Long pour l'un pour l'autre est court… » (p. 124) ou du « Vaste monde ». Dans « Et le roman s'achève de lui-même… » (p. 202), ils suivent le modèle *aab, ccb, ddb,* etc. et le modèle *aab ccb eef ggf* comme pour « Classe 17 » (p. 46) ; ces deux derniers schémas construisent en réalité des sizains (deux tercets dont les derniers vers riment entre eux).

Un peu à part, « Mais tout ceci n'est qu'un côté de cette histoire… » (p. 116) semble fonctionner selon l'enchaînement de la *tierce rime* mais il y « manque » précisément « la tierce rime qui est / Absente » (p. 118) ; le poète y dénonce donc non seulement l'absence de quelques vers explicatifs (« l'explication manque », *ibid.*), mais aussi la transgression qui est la sienne dans ce poème par rapport au modèle ancien, puisque aucun des vers isolés ne rime avec un autre.

La structure de chanson populaire (« J'ai du bon tabac / dans ma tabatière / j'ai du bon tabac / Tu n'en auras pas »), soit un quatrain sur le modèle (*abaa*), est aussi décelable dans « Toujours à battre les buissons... » (p. 206), dont tous les quatrains riment en /on/, tandis que les deuxièmes vers de chaque quatrain riment en /ol/.

Enfin, l'ode dans son modèle le plus souple — à savoir l'ode dite « anacréontique », d'inspiration lyrique — apparaît dans les trois premiers poèmes de « Poésies pour tout oublier », de fait nommée telle en exergue d'un des poèmes, sous la forme d'une citation de Banville : « Et j'ai rimé cette ode en rimes féminines » (p. 219). Cette forme, de longueur variable, est divisée en strophes constituées en général de vers courts et hétérométriques ; pour les trois poèmes éventuellement concernés, c'est donc un système de strophes alternant tercets d'octosyllabes ou tercets d'octosyllabes et de tétrasyllabes (p. 217), ou strophes de quatrains d'héptasyllabes et de trisyllabes (p. 219), ou encore, selon un modèle de vers plus ample, strophes de quatrains d'alexandrins et d'hexasyllabes.

LA DÉ-MESURE

TRANSGRESSIONS

S'il n'y a volontairement pas de référence plus explicite aux modèles anciens[1], c'est qu'Aragon opte, on le voit, pour la liberté et la souplesse même du cadre formel. Aussi le poème monorime, « Quand on se réveillait la nuit... » (p. 208), se départit-il du modèle de la laisse médiévale par son dernier vers qui échappe à l'unité rimique — il s'agit par conséquent d'un vers blanc. Dans « On a beau changer d'horizon... » (p. 126), le système du refrain et le choix de deux rimes seules suggèrent là encore un modèle ancien, tel le triolet ou le virelai, composés sur deux rimes, mais il les déborde par le nombre de vers, de strophes, ou la place du refrain.

Le vers final isolé — éventuellement orphelin en outre du point de vue de la rime —, qui échappe donc à tout cadre formel, est un choix fréquent d'Aragon, ainsi « Les martins-pêcheurs

1. Une seule allusion indirecte et faussée à un sonnet de Du Bellay (« Mieux mon petit Liré... », p. 220, au lieu de « Plus mon petit Lyré... ») en exergue d'un poème qui n'en est pas un.

au ciel jaune et rose » (p. 109) est isolé typographiquement du reste du poème. Il en va de même pour « Je me souviens » (p. 45), qui, en outre, est le seul tétrasyllabe dans un poème en alexandrins, et vient mettre un terme, avec le vers qui le précède, au système de la *tierce rime*. Le trisyllabe « De Gounod » (p. 41) semble lui aussi laisser le poème d'alexandrins qu'il clôt en suspens, tandis qu'au final du « Téméraire », tout entier d'alexandrins, le découpage en un octosyllabe et un trétasyllabe vient resserrer l'attention du lecteur sur « L'homme à sa proie » (p. 34) et la menace qui couve. Ailleurs, c'est un tétrasyllabe, « Ô créatures » (p. 48), qui crée une rupture dans l'ample mouvement des seize syllabes. On le voit, Aragon semble ériger l'inachèvement et l'ouverture en système — à l'image de la rime impaire du sonnet dont il dit qu'elle est « demeurée en l'air, sans réponse, jusqu'à la fin du sonnet, comme une musique errante[1]... ». Il s'agit de laisser l'« accord », comme le *roman*, « inachevé »[2], pour que se poursuive « l'image et la rêverie »[3].

Au contraire, si Aragon souligne parfois qu'il « manque » la rime orpheline, l'absence d'un vers peut créer le même effet d'inachèvement ou de suspens. Ainsi, au final de « Parenthèse 56 », si l'on conçoit que le poème est

1. « Du sonnet », *OP*, V, p. 153.

2. *Ibid.*, p. 154.

3. *Ibid.*

constitué de sept quintils, manque-t-il un vers à la dernière strophe qui n'en contient que quatre (p. 55). Cette absence souligne là les difficultés à relancer la mécanique prosodique.

Dans cette même perspective de transgression — ou de libération — par rapport au modèle traditionnellement clos et structuré du poème, Aragon n'hésite pas à faire alterner les types de vers et de strophes, comme dans le poème « À chaque gare de poussière... » (p. 128), qui — peut-être sur le modèle très souple du lai lyrique caractérisé principalement par l'hétérométrie — insère ici entre les séquences libres, sans rime ni contrainte métrique, deux huitains d'octosyllabes sur le modèle *abaababb*, un neuvain de décasyllabes sur trois rimes, un quintil final et un refrain, « Primo de Rivera ».

Si donc le poème constitue toujours un espace sacré souligné par le blanc de la page, Aragon semble s'être affranchi d'un « corset étroit[1] » traditionnel — tel celui du sonnet par exemple — dans lequel ses précédents recueils étaient tenus. Ici, véritablement, le poète s'est engagé dans la modernité, au sens où une poésie moderne est une poésie « dont la forme est déterminée par le contenu, et dont le contenu est le monde moderne en formation, pris dans les circonstances,

1. « Du sonnet », *OP*, V, p. 154.

171

1. *Chronique du bel canto*, Genève, Skira, 1947, p. 181.

comme un oiseau nocturne surpris par le grand jour[1] ». Ainsi la poésie du *Roman inachevé* épouse-t-elle dans ces fluctuations le devenir et s'écrit-elle au miroir de la respiration la plus intime de l'homme interrogeant son inscription dans le temps et l'Histoire — « vers sur l'aile du temps faits à notre semblance[2] ».

2. *OP*, IV, p. 667.

PONCTUATION ÉVINCÉE

Dans la droite ligne de la révolution apollinarienne, Aragon s'est débarrassé de la ponctuation. « Ceci renforce la tendance de la phrase à être aussi simple et aussi courte que possible (sinon elle est construite et soutenue par des éléments d'organisation thématique très visibles), et la tendance de cette langue à être une langue aussi « naturelle » que possible[3]. »

3. Lucien Victor, « la phrase, le vers, la strophe », in « *Les Yeux d'Elsa* » *d'Aragon*, Hatier, coll. « Profil d'une œuvre », 1995, p. 107.

« ARAGON — [...] La ponctuation est, Dieu merci, au moins une chose au monde qui ne saurait être de commandement. D'abord, la ponctuation n'a pas toujours existé. Au Moyen Âge français, on ne la trouvait pas dans les vers et ni le latin, ni le grec, ni l'arabe ne la connaissent, ou ne la connaissent que tardivement. La ponctuation, *la* ponctuation, comme on dit : « Il met ou il ne met pas *la* ponctuation », n'est apparue qu'avec l'imprimerie, c'est-à-dire quand le texte écrit a pu être soumis à un grand nombre de lecteurs. Et elle est didactiquement employée pour ceux qui ne seraient pas capables de lire sans elle. De nos jours, il existe encore une certaine catégorie de lecteurs ignorants. Ce sont plus généralement les acteurs qui sont en butte à cette maladie particulière, le phrasage. Mais il leur arrive de phraser même dans les textes ponctués. Écoutez, par exemple, comment on lit Racine au français, vous verrez que la ponctuation ne sert absolument à rien. Pourquoi ne faut-il pas de ponctuation, à mon sens, dans le vers ? Parce que, il se passe là, ce qui se passe en matière de cliché. Je veux dire que quand on reproduit une photographie dans un journal, il y a une grille au cliché que l'on fait et si ensuite ayant perdu la photographie on veut reproduire une deuxième fois le cliché, en clichant sur le premier tirage, il y a une deuxième grille qui se superpose à la première et le résultat en est que rien n'est plus lisible.

Francis CRÉMIEUX — La grille, c'est ce qu'on appelle la trame.

ARAGON — Grille ou trame, si vous préférez, c'est pour moi la ponctuation. Car qu'est-ce que le vers ? c'est une discipline de la respiration de la parole. Elle établit l'unité de respiration qui est le vers. La ponctuation la brise, autorise la lecture sur la phrase et non sur la coupure du vers, la coupure artificielle, poétique, de la phrase dans le vers. Ainsi le vers compté et rimé est anéanti par le lecteur qui ne s'arrête pas au bout de la ligne, ne fait pas sonner la rime, ni en général les éléments de la structure du vers : assonance intérieure, sonorités répétées, etc. [1] ».

1. «Vers et prose», in *Entretiens avec Francis Crémieux, op. cit.*, p. 146-147.

Très souvent en effet la phrase, ou la proposition, est contenue dans les limites du vers : « C'était un temps déraisonnable / On avait mis les morts à table », etc. (p. 74) ; « On peut voir qu'en conséquence les redéparts de phrase, quand ils ont lieu à l'intérieur d'un vers, sont toujours signalés par une majuscule initiale[1]. » Ainsi, dans « Le long pour l'un pour l'autre est court Il y a deux sortes de gens » (p. 124), la majuscule suggère-t-elle une nouvelle phrase, tandis que dans «Tenez Qu'est-ce pour vous ce voyage en Hollande » (p. 117) elle suggère un changement de niveau énonciatif par l'insertion d'un discours direct, ou au contraire sa clôture, comme dans « Garçon de quoi écrire Et naissaient à nos pas » (p. 81). C'est aussi un autre plan énonciatif que suggère la majuscule dans les vers «Nous entrons aux replis du crime D'Attila / Aux perceurs de plafonds et nous sortons de là » (p. 166); elle lève l'ambiguïté syntaxique du groupe prépositionnel « D'Attila », qui n'est pas ici complément du nom crime et suggère l'ouverture d'une parenthèse explicitant le champ des « replis du crime » en général.

Au contraire, quand la majuscule ne vient pas aider la lecture — et c'est l'effet recherché, par-delà la simplicté de la structure phrastique —, l'absence de ponctuation est au service de la démultiplication des interprétations; le poème s'ouvre alors à une lecture plurielle et non linéaire. Aragon met l'accent sur l'intérêt de cette *équivoque*

1. *Ibid.*

qui vient « enrichir dans la poésie l'orchestration mentale[1] » : « J'aime les phrases qui se lisent de deux façons et sont par là plus riches de deux sens entre lesquels la ponctuation nous forcerait à choisir. Or je ne veux pas choisir. Si je veux dire les deux choses, il me faut donc bien écrire moi-même, choisir moi-même mon équivoque. Cette équivoque volontaire est un enrichissement du sens[2]. » Ainsi en est-il dans la strophe suivante : « Longs quais de pierre sans personne / Veillant sur le fleuve profond / Où les désespérés s'en vont » (p. 52).

L'incidence du participe présent « veillant », invariable, est sujette à caution. Nous pouvons lire qu'il n'y a personne pour veiller, ou (et) que ce sont les quais eux-mêmes qui (à défaut) veillent, ainsi personnifiés, conférant à ce lieu une forte puissance suggestive. Dans les vers suivants, le poète joue de l'ambiguïté de l'attribution de « pour nous », qui concerne aussi bien le jeune soldat joueur d'ocarina que le ciel déchaîné : « Il jouait quand le ciel tonna / Pour nous dans le poste aux chandelles / Un petit air d'ocarina » (p. 68).

La seconde lecture met l'accent sur le destin contraire — le ciel tonnant — qui s'acharne sur les soldats ; ce que développent les vers qui suivent (« La mort [...] vint à tire-d'aile »).

Ayant abandonné « les « certitudes » de l'alexandrin au profit des doutes, des hésitations, des inquiétudes d'une forme ouverte[1] », Aragon laisse transparaître ces « inquiétudes » dans d'autres types de flottements, liés au décompte syllabique, et qui soulignent tantôt son attachement à la tradition, tantôt, au contraire, une désinvolture qu'on peut imaginer être voulue. Ainsi prend-il, par exemple, certaines libertés par rapport au phénomène du *e* caduc ou du hiatus.

1. O. Barbarant, *La Mémoire et l'excès, op. cit.*, p. 149.

Concernant le *e* caduc, on pourra remarquer que « Ô femme notre cœur en lambeaux si quelque chose en doit survivre » (p. 92) s'inscrit dans un poème dont les vers sont de seize syllabes ; or celui-ci en compte dix-sept, sauf à envisager l'apocope du *e* final de « femme », malgré la présence de la consonne *n* à l'initiale de *notre* : il s'agit de fait d'une coupe épique, fréquemment employée dans la poésie moderne. Le procédé est le même dans le vers « Le mond(e) comme une voiture a versé coulé comme un navire » (p. 76).

Le poète peut aussi jouer de la diérèse, traditionnelle dans le vers suivant puisqu'elle remonte au mot latin : « Au dehors il faisait un froid excepti/onnel » (p. 60), de même qu'ici : « Mais l'inscripti/on que dit-elle » (p. 69), néanmoins surprenante puisque non conforme à la prononciation moderne, qui les traite en synérèse. Il en va de même pour toutes les syllabes en -i/on du recueil, et bien d'autres semi-consonnes suivies de voyelles (« inou/i », p. 139 ; « Cœur incendi/é punch épanou/i rose d'un faux printemps », p. 196). C'est un choix qui vise à conférer au poème une diction singulière, à laquelle Aragon est très attaché. Les transgressions par rapport à cette règle sont donc peu fréquentes ; par exemple ici, avec la synérèse non réglementaire : « Ô grand Stradivarius tendre » (p. 139), puisque le nom est italien. Ou dans cet octosyllabe « Chaussures Vins Viandes Chapeaux / Négoci/ants de cuirs et peaux » (p. 144), c'est soit la synérèse sur « viande », régulièrement prononcé en diérèse — mais alors, la reprise de la sonorité /ian/ dans le vers suivant est moins nette, car « négociant » est obligatoirement prononcé en diérèse —, soit l'apocope du -es de « chaussur(es) » qui permet d'obtenir huit syllabes — mais alors, pourquoi pas celui de « viand(es) » ?

Ainsi les rares écarts du poète par rapport à la diction traditionnelle soulignent l'importance persistante et structurante de la règle dans son écriture. Si ce n'est pas dans ce domaine que le poète prend le plus de liberté, c'est que la diction marquée inscrit nettement le poème dans le chant.

RIME APPROXIMATIVE

La rime elle-même est concernée par cette fluctuation, cette labilité qui visent à rendre compte non seulement des multiples visages du poète, mais aussi des multiples aspects du monde moderne; elle participe au bon fonctionnement de la « méanique » poème. Sans doute Aragon a-t-il largement fait la preuve de sa virtuosité en matière de qualité de la rime dans ses recueils précédents; on trouve certes des rimes riches, fondées sur trois homophonies (« force » / « écorce », p. 113; « demeures » / « meure », p. 169), mais, pour la plupart, il s'agit de rimes suffisantes (« servi » / « vie », p. 113; « charrue » / « crue », p. 169) — fondées sur deux homophonies — et parfois pauvres — une seule homophonie (« crée » / « délivrer », 113; « bras » / « las », p. 169).

Cela ne l'empêche pas de rechercher la qualité de sa rime par d'autres procédés.

« J'élève la voix et je dis qu'il n'est pas vrai qu'il n'est pas de rimes nouvelles quand il est un monde nouveau. Qui a fait entrer encore dans le vers français le langage de la T.S.F. Ou celui des géométries non euclidiennes? Presque chaque chose à quoi nous nous heurtons dans cette guerre étrange qui est le paysage d'une poésie inconnue et terrible est nouvelle au langage et étrangère encore à la poésie. Univers inconnaissable par les moyens actuels de la science, nous l'atteignons par le travers des mots, par cette méthode de connaissance qui s'appelle la poésie, et nous gagnons ainsi des années et des années sur le temps ennemi des hommes. Alors la rime reprend sa dignité, parce qu'elle est l'introductrice des choses nouvelles dans l'ancien et haut langage qui est soi-même sa fin, et qu'on nomme poésie. Alors la rime cesse d'être dérision, parce qu'elle participe à la nécessité du monde réel, qu'elle est le chaînon qui lie les choses à la chanson, et qui fait que les choses chantent[1]. »

1. « La rime en 1940 », *OP*, III, p. 1135.

La rime dans *Le Roman inachevé* est parée, nous l'avons vu, de ces mots nouveaux du XXe siècle. Aragon en joue non sans plaisir, par exemple, dans le poème « Rappelez ce que de Londres dit Shelley... » (p. 165), pour souligner, comme dans *Le Paysan de Paris*, l'impact de ces nouvelles mythologies créées par la « réclame », n'hésitant pas à recourir aux noms de marque, ou de matériaux, ou à transformer un nom de marque en verbe (la Cadoricine était une brillantine), non plus qu'à l'apocope de « cinéma » en « ciné » :

« Mané Thécel Pharès au néon de nos murs / Une épouvante épelle un pâle Shell-Azur / L'archange de l'épée a cadoriciné / Biceps et seins géants l'Épinal des cinés / Tout se couvre de dieux sexy sur isorel / Sauf l'emplacement réservé pour Rasurel » (p. 166).

Moderne par ses choix lexicaux, la rime d'Aragon est aussi remarquable parce qu'elle est « approximative ». Aragon n'hésite pas à faire rimer entre eux des mots terminés par une consonne et des mots terminés par un /e/ muet — ce qui marque la distinction classique entre rime masculine et rime féminine — comme « amer » et « chimère » (p. 239), « phrases » et « gaz » (p. 184), « enfers » et « affaires » (p. 186) ou encore « poussière » et « hier » (p. 189). Aussi ses rimes alternent-elles sur le modèle apollinarien d'une terminaison vocalique (terminée par une voyelle phonique, par exemple « tue », « pas », « roseaux », « éléments », p. 96) et d'une terminaison consonantique (terminée par une voyelle consonantique, par exemple : « misérable », « fête », « ignorance », "servage », « allumèrent », « pierre », *ibid.*).

« Certains poètes, au début du vingtième siècle, ont reconnu avec plus ou moins de netteté cette maladie de la rime, et ont cherché à l'en guérir. Pour parler du plus grand, Guillaume Apollinaire tenta de rajeunir la rime en redéfinissant ce que classiques et romantiques appelaient rimes féminines et rimes masculines. Au lieu que la distinction entre ces deux sortes de rimes se fît par la présence ou l'absence d'un *e* muet à la fin du mot rimeur, pour Apollinaire étaient rimes féminines tous les mots qui se terminent à l'oreille sur une consonne prononcée (et c'est ainsi que les rimes honteuses que Mallarmé cachait dans le corps de ses vers — *Doucement* DORT *une ma*nDORE — devenaient rimes riches et permises), tandis que pour lui étaient rimes masculines toutes celles qui s'achèvent par une voyelle ou une nasale. D'où la liberté que riment entre eux des mots comme *exil* et *malhabile* (*Larron des fruits*) et disparaît la différence byzantine qu'on entretenait entre l'oie et loi[1]. »

1. *Ibid.*, p. 1133.

Dans cette même perspective, il joue du parler populaire pour faire rimer « se fait-il » avec « Vanzetti » (p. 133) — il s'agit moins d'une assonance en /i/ que d'une prononciation apocopée de « il » en « i' » — ou « s'égosient » — mais ici, l'orthographe est d'emblée modifiée — avec « Indonésie » (p. 108).

On voit également qu'Aragon prend quelques distances avec la règle de la liaison supposée, bien connue des poètes de tous temps, puisque par exemple « cinés » et « cadoriciné » (p. 166) ne font pas, en cas de voyelle (supposée) les suivant, leur liaison sur le même son, en raison de leur lettre finale différente, non plus que « cliché » et « clochers », « drapa » et « pas » ou « gomment » et « hommes » (p. 143). De même, pour des raisons phoniques, on ne peut, *stricto sensu*, parler de rime entre « cinabre » et « arbre » (p. 146), en raison de la consonne /r/ surnuméraire; c'est aussi une simple assonance qui unit « crucifie » à « vie » (p. 145).

Cela Aragon n'en enrichit pas moins ces rimes au moyen de divers procédés. En fin de vers, il opte tantôt pour la rime *léonine* — rime riche mais dont la combinaison inclut deux voyelles *a minima* —, comme avec « st*atues* » / « ab*attus* » (p. 117) ou « e*lle imite* » / « *limites* » (p. 168), tantôt pour la rime *équivoquée* au moyen du calembour (« mais on » / « maisons », p. 197; « la vie » / « lavis », p. 217) ou de l'homonymie, très fréquente (« torride » / « Tauride », p. 89; « pris » / « prix », p. 113; « pas » / « pas », « voix » / « voit », p. 116, ou « chauds » / « chaux », p. 117, etc.), ou la rime *semi-équivoquée*, elle aussi très fréquente, formée par le rapprochement de deux mots aux sonorités proches mais de sens très différents (ainsi « clochers » et « cliché », p. 143; « pour où » / « Pérou », p. 185; « enfers » et « affaires », p. 186; « diverses » / « divorce », p. 219, etc.), tantôt pour la rime *dérivative*, qui fait rimer des mots de même racine (« ensemble » / « ressemble », p. 172; « s'égare » / « gare », p. 174); ou encore au moyen de la graphie, comme sur la rime suffisante « hommes » / « gomment », dans laquelle l'enrichissement tient à la proximité orthographique des deux mots, ou sur des vers tels que « Pour Paris ou pour le Pamir pour la Perse ou

pour le Pérou » (p. 185) ou « Marguerite Marie et Madeleine » (p. 36), qui
approchent la rime *senée* — ou vers
tautogramme —, forme extrême d'allitération, dans laquelle tous les mots
commencent par la même lettre.

Entre deux vers, il joue d'une
forme de rime annexée, quand la dernière syllabe de la rime est reprise au
début du vers suivant — avec ici plutôt une « assonance » annexée « que *dis*-
je / *Déjà* » (p. 170) et de la rime enjam-
bée — forme dont il est l'initiateur, et
dont les phonèmes se répartissent sur
la fin du vers et sur le début du suivant — « *film* » / « *il* / Monte » (p. 159).

Enfin, à l'intérieur du vers, on rencontre le vers léonin, qui fait rimer
ensemble les deux hémistiches (« Cette
vie avait-elle un s*ens* ou n'était-elle
qu'une d*anse* », p. 94), la rime brisée,
qui fait rimer ensemble les deux fins de
vers et les deux césures (« Ce monde
est comme une Holl*ande* et peint ses
volets de coul*eurs* / Car l'hiver la terre
dem*ande* à se reposer de ses fl*eurs* »,
p. 94 ; voir aussi p. 147).

DÉDOUBLEMENTS
ET RÉPÉTITIONS

Ces effets de renforcement de la
rime vont de pair avec le phénomène plus large des répétitions formelles, éléments indispensables de

cette « machine » à se penser soi-même qu'est *Le Roman inachevé*; elles contribuent à assurer autrement que sur le mode narratif, ou chronologique, la cohérence du recueil — pourtant travaillé de toutes parts, nous l'avons vu, par l'altérité centrifuge — et par là élaboré en « poème ».

C'est d'abord le refrain — soit la répétition, complète ou incomplète, avec ou sans variation légère, d'un mot, d'un syntagme, d'un ou plusieurs vers, à la fin de chaque strophe d'un poème — qui signale par son importance la force structurante de la répétition pour le poème. Ainsi en est-il d'emblée du vers « Sur le Pont Neuf j'ai rencontré », dans le poème liminaire, point de départ — et de retour — aux variations paradigmatiques autour de la définition du double du locuteur; ce peut être l'accent mis sur un souvenir douloureux — et qui ne passe pas — comme « le jour de Sacco-Vanzetti / Sur le port sur le port de Dieppe » (p. 133). Ailleurs, c'est le nom de l'autre remémoré, « Primo de Rivera » qui fait retour, comme une autre forme d'invocation lancinante et douloureuse. Ce peut être aussi un refrain qui a une valeur programmatique : « Et la débâcle et les chansons » (p. 121) ou « Je chante pour passer le temps » (p. 157), dont la portée réflexive est soulignée, qui plus est, par sa position en chiasme, à l'initiale et en finale du poème, et par les jeux de symétrie auxquels se livre le poète sur ce vers : « Oui pour passer le temps je chante » ou « Je passe le temps en chantant » (p. 158) ; ou encore « Je me souviens » (p. 20), qui, plutôt qu'un refrain, apparaît d'abord comme une anaphore venant clore et suspendre le poème « La beauté du diable », mais qui resurgit successivement à l'initiale d'un poème (p. 31) puis à nouveau en finale d'un autre (p. 45), puis à l'initiale de « Classe 17 » (p. 46), et encore en finale, sous la forme d'une réduplication (p. 61) ; en finale encore (p. 67) ; au centre, répété anaphoriquement (p. 98) ; à l'initiale (p. 148) ; et, pour finir, au centre d'un poème (p. 187). Par la quantité de reprises du segment, on peut parler de refrain structurant l'ensemble du recueil, ou du poème et dont la valeur métadiscursive et programmatique est indéniable.

On décèle aussi d'autres structures anaphoriques, fort nombreuses, qui au cœur du poème inscrivent elles aussi une obsession et un rythme sans nécessairement toutefois se diffracter dans tout le recueil ; ainsi d'« Une femme » (p. 105) ; « Il y manque » (p. 116) ; « On a beau changer » (p. 126), et bien sûr les fameux « Comme » maldororiens, déjà rencontrés.

C'est encore la figure de construction qu'est le chiasme qui rappelle enfin que ces répétitions ont à voir avec l'effet miroir du langage et sous-tendent la réflexivité du *Roman inachevé*. Le chiasme inscrit sa symétrie à différents niveaux, au sein du vers, tel « Nouvelles les amours avec des mots nouveaux » (p. 22), comme au cœur des poèmes, ainsi dans le poème « Marguerite Marie et Madeleine » (p. 35) qui s'achève symétriquement par « Madeleine Marie et Marguerite » (p. 36), et le referme sur ces souvenirs comme une parenthèse, ou plus largement dans la construction en miroir de certains titres : « Les mots qui ne sont pas d'amour » (p. 112) réfléchi par « L'amour qui n'est pas un mot » (p. 171) ou « Poésies pour tout oublier » (p. 216), à quoi répond « Strophes pour se souvenir » (p. 227).

« Fixer la pensée avec des mots m'est naturel comme respirer. Si je ne le fais pas, je meurs, j'asphyxie[1] », disait Aragon. Avec des mots, certes, mais aussi avec la complexe « mécanique » du *Roman inachevé* dans ses multiples variations formelles. « Machine à penser[2] » et à se penser, *Le Roman inachevé* apparaît bien comme l'illustration remarquable de l'extrême diversité, de l'extrême labilité des techniques d'écriture poétique d'Aragon, en cela encore vaste « rassemblement encyclo-

1. Aragon, *ORC*, I, p. 689.

2. « Du sonnet », *OP*, V, *op. cit.*, p. 156.

1. *Ibid.*, p. 31.

pédique de connaissances[1] », ici véritable art poétique. Il apparaît enfin comme l'expression d'une nécessité de l'écriture — nécessité de la rime et du vers compté — jusque dans ses points de rupture. En ce sens, sa métrique se manifeste comme un véritable indicateur du rapport fluctuant d'Aragon à la croyance — dans ses capacités d'écrivain comme dans son engagement révolutionnaire.

CONCLUSION

À la lecture du *Roman inachevé*, nous comprenons mieux dans quelle mesure, pour beaucoup de lecteurs ou d'auditeurs de ses poèmes, Aragon demeure un contemporain capital. On entend puissamment retentir chez lui une ou des voix ; sa poésie toujours charnelle, ou fortement incarnée, plonge dans le temps sans temps des affects ; elle reprend son souffle, essaie des rimes, des mètres, nous fait entrer dans la fabrique, la « mécanique » de la mélodie ; Léo Ferré, en effet, n'aura plus qu'à mettre en musique[1]. Aragon *s'écrit* (lui-même et à lui-même), et il se reconstruit par le chant, au-delà de ses fractures bien réelles. Le chant ne replâtre pas, comme dans *Les Yeux et la mémoire*, les litanies célébrant le Parti, il reconstitue, il donne courage, élan et vitalité. On saisit sur le vif dans *Le Roman inachevé* cette catharsis du chant, malgré les plages absentes, les années effondrées, les épisodes majeurs passés sous silence : la « magnification » ne peut opérer sur tout ni à tous les coups. Elle réussit mieux sur l'ancien, là où le travail du deuil et l'embaumement de la mémoire ont déjà préparé l'œuvre ; on sent que les années proches résistent plus durement, ou passent moins facilement la barre du

1. Comme il le déclare sur la pochette du disque (texte reproduit dans *OP*, V).

chant. L'inachèvement du *Roman* est aussi dans ces blessures et ces interrogations qui demeurent vives, tortueuses et parfois irritantes, mais touchent à l'intime du poète.

DOSSIER

I. ÉLÉMENTS DE BIOGRAPHIE

Louis Aragon naît à Paris le 3 octobre 1897 ; il est le fils illégitime de Marguerite Toucas et d'un homme politique, Louis Andrieux, qui forge pour lui le nom d'Aragon, peut-être en souvenir de son amour pour Isabelle II d'Espagne. Toute son enfance est marquée par le mensonge familial qui entoure sa naissance : sa mère, après avoir dissimulé sa grossesse et son accouchement, prétend être sa sœur ; sa grand-mère, sa mère adoptive ; et l'on fait passer son père pour un parrain. À six ans, avant de savoir écrire, il dicte ses premiers romans — une soixantaine, affirme-t-il — à ses « sœurs ». Élève brillant, il dévore les livres : Dickens, Barrès, Romain Rolland, Gorki, Tolstoï, Dostoïevski, Byron, et maîtrise dès la sixième le programme littéraire du baccalauréat.

Pour faire plaisir à sa mère, il commence sans conviction des études de médecine en 1916, tout en découvrant les œuvres de Lautréamont, Apollinaire, Mallarmé, Rimbaud. Il est mobilisé en 1917, et suit une formation de « médecin auxiliaire » au Val-de-Grâce, où il fait la connaissance d'André Breton. Au moment de son départ pour le front en juin 1918, sa mère lui révèle la vérité sur ses origines. Sur le front, il participe à des engagements très durs, où son comportement héroïque lui vaudra la croix de guerre ; le 8 août, à Couvrelles, il est enseveli trois fois sous les bombes. Il accompagne après l'armistice son régiment en Alsace, puis dans la Sarre que les Français occupent, et ne rentrera à Paris, démobilisé, qu'en juin 1919. Une amitié profonde, et tumultueuse, le lie à André Breton, avec lequel il lance à Paris le mouvement Dada — créé par Tristan Tzara à Zurich en 1916 — et la revue *Littérature*; mais c'est avec Philippe Soupault, le troisième directeur de cette revue, que Breton écrit à Paris, au printemps 1919, *Les Champs magnétiques,* d'où sortira le surréalisme.

Aragon abandonne ses études de médecine en 1922, au grand scandale de sa famille. Pour gagner quelque argent, il se fait embaucher par le couturier et mécène Jacques Doucet, chez lequel Breton travaille déjà. Il voyage à Berlin à l'automne 1922, s'installe quelques semaines à Giverny au printemps de 1923, tout en accompagnant le dadaïsme dans ses manifestations plus ou moins « démoralisantes », et en assistant fidèlement Breton. Aragon enrichit alors le groupe de quelques textes d'une grande portée : un premier recueil de poèmes, *Feu de joie* (1920), et plusieurs proses romanesques (un genre que ses amis tiennent en grande suspicion) au style étourdissant : *Anicet ou le Panorama, roman* (1921), *Les Aventures de Télémaque* (1922) et le recueil du *Libertinage* (1924). Il participe ainsi à la naissance du surréalisme, qu'il est le premier à théoriser dans *Une vague de rêves* (1924), et surtout avec le début du *Paysan de Paris,* « Le passage de l'Opéra », qui paraît en feuilleton dès 1924, tout en poursuivant en marge du mouvement, et comme pour lui-même, une écriture romanesque plus ou moins clandestine.

Diverses complications sentimentales et amours difficiles hantent alors sa vie, avec Denise Lévy, qui lui préfère Pierre Naville, avec Élizabeth Eyre de Lanux, qui avait eu une brève liaison avec son ami Pierre Drieu la Rochelle et qui deviendra « la Dame des Buttes-Chaumont » dans *Le Paysan de Paris.* En 1925, la guerre du Rif précipite l'orientation du groupe surréaliste en direction du Parti communiste et de la revue *Clarté* ; Aragon prend une part très active à ces rapprochements, qui entraînent sa rupture, éclatante, avec Drieu en août 1925, mais aussi l'exclusion par le groupe de Philippe Soupault ou d'Antonin Artaud. Au terme de ces péripéties, Aragon adhère le 6 janvier 1927, « jour des Rois », au Parti communiste, où sont déjà entrés Breton et Eluard ; cette adhésion cause également sa rupture avec Jacques Doucet, et elle place Aragon dans une curieuse posture vis-à-vis de Nancy Cunard, riche héritière anglaise, artiste et excentrique, dont il est follement épris depuis février 1926, et avec laquelle il court l'Europe de palace en casino... Les difficultés d'une liaison et d'une vie tumultueuses l'amènent à brûler, à Madrid à l'automne 1927, le manuscrit devenu kilométrique du roman qu'il poursuivait en secret, *La Défense de l'infini* ; en septembre 1928, à Venise, par désespoir devant les infidélités de sa compagne, il tente de mettre fin à ses jours. *Le Mouvement perpétuel* (1926), *Le Con d'Irène* et *Traité du style* (1928) sont parus durant cette période de grands bouleversements affectifs et intellectuels, et d'incessants voyages. Deux mois après la tentative de suicide à Venise, et alors qu'il revoit toujours Nancy, il rencontre le 6 novembre, au bar de La Coupole, Elsa Triolet, exilée d'URSS et séparée de son premier mari. Elle-même dérivait à Montparnasse, et songeait au suicide ; elle souhaitait rencontrer, par l'entremise de son mentor Maïakovski, l'auteur du *Paysan de Paris* ; ils ne se quitteront plus.

En 1930, dans *La Peinture au défi*, Aragon salue les papiers collés de Picasso et Braque, qui renouvellent l'acte de peindre. Elsa l'entraîne en

URSS, où Maïakovski s'est donné la mort en avril, et où il découvre un autre versant du monde inimaginable depuis Paris ; invité par surprise au congrès des écrivains de Kharkov, avec Georges Sadoul, il y contresigne des thèses sur le surréalisme qui feront, à leur retour, figure d'apostasie ; ce voyage le rend suspect aux yeux du PCF, mais surtout de Breton et de ses amis.

Louis Andrieux meurt en 1931. Aragon lui rend plusieurs visites avant sa disparition. Un poème d'Aragon publié à la fin de 1931, *Front rouge*, conduit à son inculpation au début de 1932 pour propagande anarchiste. C'est « L'affaire Aragon » dénoncée par Breton. L'accumulation des désaccords conduit, en avril 1932, à la rupture définitive entre les deux amis : les surréalistes stigmatisent Aragon par le tract *Paillasse !* Elsa et Louis partent aussitôt pour l'URSS, où ils séjourneront jusqu'en 1933.

À son retour, Aragon devient journaliste à *L'Humanité.* Il a découvert à Moscou le réalisme socialiste, et il écrit dans cette veine *Les Cloches de Bâle*, premier roman du cycle du « Monde réel » qui s'achèvera dix-huit ans et trois titres plus tard avec *Les Communistes.*

La montée du fascisme en Europe et la guerre civile en Espagne précipitent de larges rassemblements des intellectuels et des artistes révolutionnaires, auxquels Aragon prête ses talents de tribun et d'organisateur dans le cadre de la « Maison de la Culture », proche du Parti communiste ; l'heure n'est plus aux divisions sectaires ni à la surenchère gauchiste qui teintait encore les prises de position politiques du journaliste et théoricien Aragon en 1933 ; il s'agit au contraire d'unir, unir..., comme le répète Maurice Thorez, qui favorise l'ascension d'Aragon dans le Parti, en lui confiant notamment l'écrasante respon-sabilité du quotidien *Ce soir*, qui paraît en mars 1937 sous la codirection d'Aragon et de Jean-Richard Bloch. Le prix Renaudot a récompensé *Les Beaux Quartiers* (Denoël, 1936) ; Aragon écrit à présent *Les Voyageurs de l'impériale*, tout en coordonnant à Paris les luttes antifascistes. Des arrestations et des exécutions ont lieu en URSS, où Staline déchaîne la terreur d'État ; pourtant très proche de certains milieux alors persé-cutés, Aragon ne veut pas voir la situation et il justifie dans *Commune* les procès de Moscou. Il voyage, organise, milite et inlassablement écrit, aux côtés d'Elsa qu'il épouse le 25 février 1939, à Paris.

Le Pacte germano-soviétique est signé en août 1939, Aragon l'entérine par quatre édito-riaux dans *Ce soir*, aussitôt interdit. Une dure persécution s'abat sur les communistes, que la mobilisation contribue à disperser. Paul Nizan désapprouve le pacte et quitte le PCF. Aragon est affecté dans un régiment disciplinaire de tra-vailleurs, puis muté à sa demande comme méde-cin auxiliaire ; quand la guerre éclate le 10 mai 1940, il fait donc celle-ci en première ligne de la Belgique jusqu'au sud de Limoges, en passant par Dunkerque ; sa conduite héroïque lui vaut une nouvelle médaille militaire, et la croix de guerre avec palme. Elsa le rejoint dans la zone non occupée. Tout en s'efforçant de survivre à Car-cassonne puis à Nice, où ils s'installent aux pre-miers jours de janvier 1941, tous deux écrivent, publient et organisent, notamment avec l'aide de Pierre Seghers et de Georges Sadoul, les contacts d'une première résistance. Le séjour niçois est marqué, en décembre 1941, par la ren-contre avec Henri Matisse ; en mars 1942 à

Cahors, Marguerite, la mère d'Aragon, meurt d'un cancer ; en novembre, l'invasion de la zone sud précipite la fuite du couple qui plonge dans la clandestinité. Gaston Gallimard, a publié en 1941 et en toute légalité le recueil poétique du *Crève-cœur*, qui connaît un grand retentissement. Il prépare avec l'aide de Jean Paulhan et parvient à éditer une version censurée et défigurée des *Voyageurs de l'impériale*, qui sort à Paris à la fin de 1942 sans l'aval de l'auteur (la version remaniée et « définitive » ne paraîtra qu'en 1947). Avec *Les Yeux d'Elsa*, *Brocéliande* ou *Le Musée Grévin*, Aragon multiplie alors les interventions poétiques, dans lesquelles il plie sa voix à toutes sortes de formes, anciennes ou nouvelles, pour mieux « parler à tous le langage de la Patrie ». Il semble qu'en 1942-1943 le couple traverse une crise dont témoignent à la fois l'écriture par Elsa du *Cheval blanc* (dont la publication par Denoël en 1943 rencontre un vif succès), ou *Aurélien* d'Aragon, qui compose aussi en janvier 1943, à Lyon, le poème « Il n'y a pas d'amour heureux ». En 1944, et tandis que le couple se cache dans la Drôme, tout en multipliant les voyages de liaison et de coordination — notamment pour le réseau de résistance baptisé « Les Étoiles », qu'Aragon a lancé dans quarante-deux départements —, la Gestapo recherche « la juive Elsa Kagan » et son mari.

À l'automne 1944, après la Libération et au moment du retour du couple à Paris, le climat politique ne leur est pas entièrement favorable ; on accuse Aragon d'intransigeance dans l'épuration et le traitement de la « liste noire » (qui dénonce les écrivains collaborateurs), alors qu'au Comité national des écrivains, où tous veulent désormais entrer, lui-même se classe comme indulgent plutôt qu'intransigeant. L'attribution du prix Goncourt à Elsa Triolet pour *Le premier accroc coûte deux cents francs* attise bien des jalousies ; et les espérances révolutionnaires nées des combats de la Résistance s'éloignent quand le général de Gaulle, président du Conseil, fait désarmer les milices populaires et prend ses distances avec le Parti communiste. Aragon, maintenant « poète national », connaît certes une grande notoriété ; pourtant, la parution d'*Aurélien* à l'automne 1944 déçoit nombre de lecteurs communistes.

En 1946, Aragon publie des chroniques littéraires dans *Europe* et reprend la direction du journal *Ce soir* tout en collaborant aux *Lettres françaises*. 1947 marque le début de la guerre froide, et d'une dure glaciation idéologique ponctuée de pénibles affaires : Nizan accusé par les communistes de les avoir trahis, Lyssenko et sa génétique délirante imposée par l'État soviétique, les révélations de Kravchenko touchant l'existence d'un goulag soviétique et le procès en diffamation que lui intentent *Les Lettres françaises*, etc. En 1948, Aragon est privé pour dix ans de ses droits civiques pour avoir imprimé dans *Ce soir* une version fautive d'une manifestation ouvrière, et cette condamnation indigne de nombreuses personnalités. Comme pour donner un coup de barre à gauche et des gages au Parti communiste, après le relatif échec d'*Aurélien*, Aragon s'est lancé dans l'entreprise démesurée des *Communistes*, une fresque dont la parution échelonnée de 1949 à 1951 doit couvrir, en deux mille pages et six fascicules, le « roman de France » depuis août 1939 (la signature du Pacte) jusqu'à la Libération ; il s'agit aussi pour l'auteur d'exalter, contre les accusations de collaboration souvent lancées contre son parti à propos de cette période, le comportement résistant des communistes et de montrer qu'aux heures les plus noires de la « drôle de guerre » — celle qu'on fait aux communistes au lieu de la faire à Hitler — ceux-ci ont *tenu*. Mais en 1951, épuisé et peut-être démoralisé par les difficultés de son projet, Aragon abandonne l'intrigue des *Communistes* sur le récit de la débâcle, dont la tragédie culmine à Dunkerque (juin 1940). Il achète pour Elsa le moulin de Saint-Arnoult-en-Yvelines, qui leur permet de s'éloigner de Paris, et d'un appartement de deux pièces, rue de la Sourdière, où ils vivent à l'étroit depuis les années trente.

Eluard meurt en novembre 1952, sans assister aux derniers mois d'un régime, le stalinisme, qui plonge Elsa et Louis, rentrés de Moscou en plein hiver, dans l'abattement et la terreur. En février 1953, Aragon prend la direction des *Lettres françaises*, quelques jours avant la mort de Staline qui va précipiter en France l'affaire dite « du portrait » : le nouveau directeur a publié à la une de l'hebdomadaire le portrait de Staline jeune par Picasso, aussitôt et vivement blâmé par la direction du PCF ; tandis que Thorez se trouve encore en traitement en URSS, Aragon doit faire face à une campagne d'ouvriérisme et à de dures critiques, orchestrées notamment par Auguste Lecœur. Durant toute cette période, Elsa et lui militent beaucoup ; Aragon promeut la littérature soviétique, mais aussi la pire peinture issue du réalisme socialiste, et il pousse le « service » à un point qui se retourne contre son propre génie : le recueil *Les Yeux et la mémoire*, qu'il publie en 1954, compte à côté de poèmes inspirés les pièces de vers les plus médiocres de son œuvre.

1956 marque une « année terrible ». En février, le rapport « attribué à Khrouchtchev », comme écrit la presse du Parti communiste français qui tente de repousser l'échéance, révèle les atrocités commises sous le régime de Staline, et inaugure la difficile déstalinisation des différents partis ; en octobre, les chars soviétiques écrasent à Budapest le soulèvement d'un peuple. De cette crise considérable date paradoxalement la troisième carrière de l'écrivain Aragon, qui va tirer du choc moral et de la douleur infligée au militant deux chefs-d'œuvre, unanimement salués comme tels : *Le Roman inachevé* (qui paraît le 5 novembre 1956) et l'immense accomplissement romanesque de *La Semaine sainte* (octobre 1958). Aragon, qui double le cap de la soixantaine, peut enfin vivre de sa plume, et il loue en 1960 l'appartement du 56, rue de Varennes ; la voix de Léo Ferré, bientôt imité par Jean Ferrat ou d'autres interprètes, en mettant en musique le poète, lui assure une audience plus grande encore que celle du romancier.

Les œuvres publiées par Aragon au cours des années soixante sont éblouissantes : 1960 voit la publication des *Poètes* ; en 1963 paraît *Le Fou d'Elsa*, un poème de quatre cents pages consacré à l'agonie et à la chute du royaume arabo-musulman de Grenade en 1492 ; en 1965 le roman *La Mise à mort*, en 1967 *Blanche ou l'oubli*, où retentissent diversement la souffrance et les doutes de l'amoureux et du militant.

Depuis 1964, par ailleurs, Aragon prend soin de rééditer en les enrichissant de préfaces critiques ses proses romanesques, auxquelles il associe étroitement Elsa dans le projet monumental des *Œuvres romanesques croisées*, qui comptera quarante-deux volumes. Au cours des mêmes années cependant, de 1963 à 1967, la plupart de ceux qui furent proches de l'œuvre et de la vie d'Aragon meurent tour à tour : Tzara, Thorez, Nancy Cunard, Giacometti, Breton, Sadoul...

Aragon poursuit son combat pour l'élargissement de la culture et contre l'ouvriérisme et le dogmatisme au sein du Parti communiste français : il fait triompher au comité central d'Argenteuil la conception d'un « réalisme sans rivages » (mars 1966), comme il prend position en faveur des écrivains Siniavski et Daniel, dont le procès s'ouvre alors à Moscou ; deux années plus tard, il soutient le « printemps de Prague », et il cherche avec les étudiants parisiens de Mai 1968 un dialogue difficile à établir... Le 16 juin 1970, Elsa s'éteint dans ses bras au moulin de Saint-Arnoult.

On pouvait craindre qu'Aragon ne survive pas à ce deuil. On le vit au contraire resurgir, pour faire scandale en s'affichant à Paris, ou à Toulon, avec de jeunes hommes, et cette pirouette homosexuelle n'est pas la moindre surprise que le vieillard réservait à ses détracteurs. Depuis qu'il avait condamné l'intervention d'août 1968 à Prague, les Soviétiques avaient suspendu leurs abonnements des *Lettres françaises*, qui cessent de paraître en 1972 faute d'un soutien venu du PCF ; très amer, Aragon publie dans le dernier numéro une grinçante « Valse des adieux » où l'on peut lire : « J'ai gâché ma vie et c'est tout. » Le monumental *Henri Matisse, roman* est paru en 1971, fruit d'un travail commencé auprès du peintre trente ans plus tôt, à Nice ; Aragon se lance dans l'établissement critique de son *Œuvre poétique*, « au singulier viril », qui connaîtra quinze volumes dont il rassemble, préface et commente copieusement les huit premiers, avant de renoncer.

Picasso et Neruda meurent en 1973; en 1977, Aragon lègue tous ses manuscrits et ceux d'Elsa à la Nation française. Il soutient le Programme commun au sein de l'Union de la gauche; devenu président, François Mitterrand le décore de la Légion d'honneur.

Jean Ristat, son compagnon, dont il a fait son légataire universel, lui ferme les yeux dans la nuit du 24 décembre 1982, rue de Varennes à Paris; il est inhumé aux côtés d'Elsa, sous les grands hêtres du parc de Saint-Arnoult.

II. CIRCONSTANCES DU *ROMAN INACHEVÉ*

Dans quelques lettres adressées à sa sœur, Elsa Triolet évoque les circonstances de l'écriture du *Roman inachevé*. Ces circonstances estivales et anecdotiques voilent étrangement, sinon savoureusement, le fond de tragédie personnelle et collective sur lequel *Le Roman inachevé* fut écrit...

LETTRE D'ELSA À LILI DU 20 DÉCEMBRE 1955

Cette lettre peut laisser croire que la rédaction du *Roman inachevé* a été entamée lors du séjour d'Aragon et d'Elsa chez Nadia Léger (née Khodossievitch), femme de Fernand Léger, au mas Saint-André, au pied du village de Biot, dans les Alpes-Maritimes. Fernand Léger est mort en août 1955. En réalité, la rédaction du *Roman inachevé* a commencé bien antérieurement, comme en témoignent les prépublications dès mars 1955.

[...]
La maison de Nadia, dans le Midi, toute neuve, pas très belle, est sur une hauteur ; tout autour on cultive des œillets, et au loin on voit la mer. Le temps a été merveilleux, soleil et ciel d'azur ! Hélas, elle nous a gavés et nous avons pris trois kilos (chacun !) ce qui n'est bon ni pour notre physique ni pour notre moral. Elle ne nous a pas laissés nous promener : le matin, nous écrivions tous les deux, de neuf heures à une heure, puis nous

Lili Brik, Elsa Triolet, *Correspondance 1921-1970*, Gallimard, 2000.

déjeunions, et c'est à ce moment-là qu'il aurait été bon de se promener, mais comme Nadia ne marche jamais et ne se déplace qu'en voiture, et que nous avions envie d'être avec elle, de la distraire, de la consoler, nous allions avec elle faire un tour dans les environs dans une somptueuse voiture, avec beaucoup de plaisir, mais au détriment de notre santé. Vers les six heures, au coucher du soleil, nous rentrions, écrivions encore, puis nous dînions et nous nous remettions à écrire... Nous avons beaucoup écrit. Aragocha s'en est donné à cœur joie, il a écrit une foule de nouveaux vers, des poèmes exceptionnels, des courts, des longs, la plupart autobiographiques. J'ai écrit deux cent vingt-cinq pages de mon roman, maintenant il faut que je rassemble des documents pour la suite, et j'attends aujourd'hui même la visite de personnes qui me sont indispensables.
[...]

LETTRE D'ELSA À LILI DU 20 AOÛT 1956

Aragon et Elsa sont à nouveau chez Nadia pour l'été. Elsa vient d'achever l'écriture du *Rendez-vous des étrangers*.

Ma chère Lili, Nadia est allée à Paris, en a rapporté cette photographie. Et aussi mes cahiers et mes notes sur Volodia. Je vais essayer d'y remettre de l'ordre. C'est dur.
J'imagine combien cela doit être difficile pour toi !
Il fait un temps splendide. Nous bronzons. Même moi, j'ai viré au rouge, avec des taches de rousseur. Aragocha écrit son roman en vers. Fréville et Seghers sont en train de lire mon manus-

crit. Ils m'ont couverte de compliments... c'est
bien agréable! [...]

LETTRE D'ELSA À LILI DU 25 AOÛT 1956

[...]
Nous continuons à nager dans la béatitude,
au soleil... Mon roman terminé, je suis tout éton-
née de me retrouver au repos pour quelques
jours et me suis tout aussitôt mise à me prélas-
ser si bien que maintenant j'ai un mal fou à me
remuer la cervelle, sans grand résultat. Ça me
plaît de rester allongée, de bronzer, de lire *Anna
Karénine*, d'aller me promener avec Aragocha
sur un sol bien plat, et ça se trouve ici, bien que
nous soyons dans les collines ; derrière la maison
coule un canal, et le long du canal il y a un sen-
tier. De temps à autre nous grimpons dans les
collines, pas trop loin, ni trop haut.
    Aragocha se promène en short (et même moi,
je porte des pantalons courts, au-dessus du
genou) ; il est tout doré et écrit sans désemparer
son poème intitulé le *Roman inachevé*..., ne
cherche pas le rapport !

III. TEXTES PÉRIPHÉRIQUES

PRIÈRE D'INSÉRER (QUATRIÈME DE COUVERTURE)

On lit au dos de l'édition de l'édition de 1956 (Gallimard, collection blanche) le texte suivant :

Ce poème s'appelle *Roman* : c'est qu'il est un roman, au sens ancien du mot, au sens des romans médiévaux ; et surtout parce que, malgré le caractère autobiographique, ce poème est plus que le récit — journal ou mémoires — de la vie de l'auteur, un roman qui en est tiré.

Il faut le lire dans le contexte de l'œuvre d'Aragon. Il s'agissait ici d'éviter les redites : on n'y trouvera pas le côté politique des *Yeux et la Mémoire* ou les heures de la Résistance de *La Diane française* ou du *Musée Grévin.* Le domaine privé, cette fois, l'emporte sur le domaine public. Même si nous traversons deux guerres, et le surréalisme, et bien des pays étrangers.

Poème au sens des *Yeux et la Mémoire*, ce *Roman inachevé*, ne pouvait être achevé justement en raison de ces redites que cela eût comporté pour l'auteur. Peut-être la nouveauté de ce livre tient-elle d'abord à la diversité des formes poétiques employées. Diversité des mètres employés qui viendra contredire une idée courante qu'on se fait de la poésie d'Aragon. Peut-être, à retrouver des traditions jamais mariées de la poésie française, s'étonnera-t-on, par exemple, de la présence ici des fatrasies, pourtant jamais tout à fait disparues de cette poésie, et dont l'apparition gênera probablement certains aujourd'hui, tout autant qu'hier d'autres la défense du sonnet sous la plume de l'auteur.

Il semble que, plus que le pas donné à telle ou telle méthode d'écriture, Aragon ait voulu marquer que la poésie est d'abord langage, et que le langage, sous toutes ses formes, a droit de cité dans ce royaume sans frontières qu'on appelle la poésie.

Plus que jamais ici, l'amour tient la première place.

ÉBAUCHE

Une ébauche manuscrite de cette quatrième de couverture figure dans le fonds CNRS-FTA, à la Bibliothèque nationale de France :

Le plus long, mais aussi le plus important poème d'Aragon. Il s'appelle *roman*, c'est qu'il est le roman du poète, comme *Les Yeux et la mémoire* étaient le roman de son temps.

Autobiographie : l'enfance, la famille, la guerre de 14-18, l'occupation, l'inflation, le surréalisme, la vie sentimentale, les voyages..., mais roman *inachevé* bien qu'il atteigne à nos jours dans sa dernière partie : inachevé, comme la vie, et aussi parce que bien des choses, la politique, la dernière guerre, la Résistance, eussent été des redites avec des poèmes qu'on connaît.

Il faudrait encore parler de la forme, ou plutôt *des* formes du poème : autant en laisser la surprise au lecteur.

DÉDICACE

**Parmi les dédicaces que nous avons pu consulter
sur des volumes détenus dans des collections pri-
vées, retenons celle adressée à Raymond et Jeannine Queneau qui, en 1956, séjournaient en Ouzbé-
kistan :**

à Raymond et Jeannine, ce livre que le soleil ouz-
bek leur fera paraître noir — où les points de suspension peut-être les concernent   Louis

IV. INTERTEXTES

Il est impossible, nous l'avons dit, d'énumérer tous les textes appelés ou croisés par *Le Roman inachevé*; nous n'en retiendrons ici que deux, qui donnent la mesure de l'extraordinaire habileté d'Aragon comme traducteur ou adaptateur.

« LE QUADRILLE DES HOMARDS »

« Le quadrille des homards » d'abord, tiré du chapitre x des aventures d'*Alice au pays des merveilles*, et inséré pages 102-103 de notre texte, que nous reproduisons ci-dessous dans sa version originale, puis dans la traduction proposée par Jacques Papy (Gallimard, Folio classique). Aragon, qui traduisit également *La Chasse au Snark*, s'est expliqué sur l'importance pour lui de Lewis Carroll, qu'il rapproche de Lautréamont, dans un texte paru dans *Le Surréalisme au service de la Révolution*, « Lewis Carroll en 1931 » (*OP* II, p. 623-631).

"Will you walk a little faster?" said a whiting to a snail.

"There's a porpoise close behind us, and he's treading on my tail.

See how eagerly the lobsters and the turtles all advance!

They are waiting on the shingle – will you come and join the dance?

Will you, won't you, will you, won't you, will you join the dance?

Will you, won't you, will you, won't you, won't you join the dance?

You can really have no notion how delightful
it will be

When they take us up and throw us, with the
lobsters, out to sea!"

But the snail replied "Too far, too far!" and
gave a look askance -

Said he thanked the whiting kindly, but he
would not join the dance.

Would not, could not, would not, could not,
would not join the dance.

Would not, could not, would not, could not,
would not join the dance.

"What matters it how far we go?" his scaly
friend replied.

"There is another shore, you know, upon the
other side.

The further off from England the nearer is to
France -

Then turn not pale, beloved snail, but come
and join the dance.

Will you, won't you, will you, won't you, will
you join the dance?

Will you, won't you, will you, won't you, won't
you join the dance?"

*

Le merlan dit à l'escargot : « Veux-tu avancer
un peu?

Y a un brochet derrière nous qui me marche
sur la queue.

Vois les homards et les tortues s'élancer en
troupes denses!

Ils attendent sur les galets, veux-tu entrer
dans la danse?

Veux-tu, ne veux-tu pas, veux-tu, veux-tu
entrer dans la danse ?

Tu ne peux vraiment pas savoir à quel point
cela est beau
Quand on vous prend et qu'on vous jette,
avec les homards, dans l'eau ! »
Mais l'escargot répond : « Trop loin ! », regarde
avec méfiance,
Remercie beaucoup le merlan, ne veut entrer
dans la danse.
Ne veut, ne peut, ne veut, ne peut, ne veut
entrer dans la danse.
Ne veut, ne peut, ne veut, ne peut, ne veut
entrer dans la danse.

« Qu'importe que nous allions loin ! répond
l'autre avec gaieté,
Car il y a un autre pays, vois-tu, de l'autre
côté.
Plus on est loin de l'Angleterre et plus on est
près de la France.
Ne crains rien, escargot chéri, entre avec moi
dans la danse.
Veux-tu, ne veux-tu pas, veux-tu, veux-tu
entrer dans la danse ?
Veux-tu, ne veux-tu pas, veux-tu, veux-tu
entrer dans la danse ? »

LETTRE À MÉLINÉE

**L'insertion, dans « Strophes pour se souvenir »
(poème intitulé « Groupe Manouchian » lors de la
prépublication dans _L'Humanité_ du 5 mars 1955,
puis « L'affiche rouge » dans l'interprétation de Léo
Ferré), de la dernière lettre adressée par le résistant**

de la MOI (« Main d'œuvre immigrée ») à sa femme Mélinée n'est pas moins virtuose. Aragon a chevillé les mots du poète arménien à ses propres alexandrins, dont le rythme grave a immortalisé cet épisode de février 1944 :

Ma chère Mélinée, ma petite orpheline bien-aimée,

Dans quelques heures, je ne serai plus de ce monde. Nous allons être fusillés cet après-midi à 15 heures. Cela m'arrive comme un accident dans ma vie, je n'y crois pas mais pourtant je sais que je ne te verrai plus jamais.

Que puis-je t'écrire ? Tout est confus en moi et bien clair en même temps.

Je m'étais engagé dans l'Armée de Libération en soldat volontaire et je meurs à deux doigts de la Victoire et du but. Bonheur à ceux qui vont nous survivre et goûter la douceur de la Liberté et de la Paix de demain. Je suis sûr que le peuple français et tous les combattants de la Liberté sauront honorer notre mémoire dignement. Au moment de mourir, je proclame que je n'ai aucune haine contre le peuple allemand et contre qui que ce soit, chacun aura ce qu'il méritera comme châtiment et comme récompense.

Le peuple allemand et tous les autres peuples vivront en paix et en fraternité après la guerre qui ne durera plus longtemps. Bonheur à tous... J'ai un regret profond de ne t'avoir pas rendue heureuse, j'aurais bien voulu avoir un enfant de toi, comme tu le voulais toujours. Je te prie donc de te marier après la guerre, sans faute, et d'avoir un enfant pour mon bonheur, et pour accomplir ma dernière volonté, marie-toi avec quelqu'un qui puisse te rendre heureuse. Tous mes biens et toutes mes affaires je les lègue à toi, à ta sœur et à mes neveux. Après la guerre tu pourras faire valoir ton droit de pension de guerre en tant que ma femme, car je meurs en soldat régulier de l'armée française de la libération.

Avec l'aide des amis qui voudront bien m'honorer, tu feras éditer mes poèmes et mes écrits qui valent d'être lus. Tu apporteras mes souvenirs si possible à mes parents en Arménie. Je mourrai avec mes 23 camarades tout à l'heure avec le courage et la sérénité d'un homme qui a la conscience bien tranquille, car personnellement, je n'ai fait de mal à personne et si je l'ai fait, je l'ai fait sans haine. Aujourd'hui, il y a du soleil. C'est en regardant le soleil et la belle nature que j'ai tant aimée que je dirai adieu à la vie et à vous tous, ma bien chère femme et mes bien chers amis. Je pardonne à tous ceux qui m'ont fait du mal ou qui ont voulu me faire du mal sauf à celui qui nous a trahis pour racheter sa peau et ceux qui nous ont vendus. Je t'embrasse bien fort ainsi que ta sœur et tous les amis qui me connaissent de loin ou de près, je vous serre tous sur mon cœur. Adieu. Ton ami, ton camarade, ton mari.

MANOUCHIAN MICHEL

V. RÉCEPTION

On peut lire une synthèse des articles (très contrastés) publiés à la parution du _Roman inachevé_ dans la communication documentée de Corinne Grenouillet, au colloque d'Aix-en-Provence, _Aragon 1956_. Nous en extrayons les passages suivants.

Une certaine attention est portée à la forme même du recueil, à l'étude du mètre et des différentes formes de la rime. Ce livre de Louis Aragon revivifie et réactualise des mètres choisis dans un éventail très large. La supériorité d'Aragon dans ce domaine fait l'objet d'un indéniable consensus parmi les critiques (Tortel, par exemple, parle d'une « action verbale dévorante ») même si l'on reproche à Aragon d'user de procédés connus, de se répéter ou, abondance oblige, d'avoir produit « les pages les plus ostentatoirement niaises qu'on ait écrites depuis François Coppée » (A. Bosquet). Luc Estang cite également Coppée pour qualifier une partie des vers d'Aragon, mais remarque qu'il faut replacer l'accent coppéesque dans le contexte du recueil et de son « langage souverain ».

On souligne de part et d'autre l'usage inhabituel du vers libre claudélien et Aragon est presque unanimement rattaché à Victor Hugo qui jouait comme lui sur « toute la lyre ». Émile Bouvier évoque une « éloquence puisée à la source hugolienne à laquelle les masses restent sensibles », rejoignant l'analyse de G.-H. Brunschwig. Pour A. Blanchet, Aragon est fait pour la chanson française qui, à la fois populaire et savante, rassemble au-delà des divisions.

« La réception du _Roman inachevé_ », in _Aragon 1956_, Actes du colloque d'Aix-en-Provence, (septembre 1991), édité sous la dir. de Suzanne Ravis, Presses de l'université de Provence, 1992, p. 259-278.

Une autre parenté est relevée avec Musset, Vigny et le lyrisme romantique et, plus proche de nous, avec Apollinaire.

Mais c'est surtout à la tradition médiévale qu'est unie la poésie aragonienne (« les clercs médiévaux qui transformaient aisément tel hommage à la dame aimée en une mystique déclaration à la vierge Marie », J. Varloot) et à François Villon. L'attachement de Louis Aragon à une tradition remontant au Moyen Âge sera mise en cause par Serge Michenaud avec un certain cynisme dans un court article de 130 mots : ce critique estime en effet que cette tradition obsolète va à l'encontre de l'éthique professée par Aragon qui « l'entraîne vers l'accomplissement d'un homme nouveau » : l'écrivain « revêt [...] l'homme futur de loques médiévales », déclare-t-il avant de conclure que la postérité jugera en dernier ressort l'inspiration d'Aragon.

Inversement, Raymond Escholier dans *Europe*, citant Léon Gautier dont *La Chevalerie* fut une source d'inspiration pour le poète, pense que le regard porté par Aragon sur ce passé moyenâgeux témoigne de son sens national :

> « *L'avenir est gros du passé* », *a dit Leibniz. Ne soyons pas surpris, décidément, que cet annonciateur du futur se tourne d'abord vers le passé*

[...]

Reflet d'une crise personnelle vécue tant du point de vue politique que du point de vue esthétique par Louis Aragon, le recueil est généralement caractérisé par la critique de l'époque par le terme d'« autobiographie » :

Un « roman autobiographique d'un accent très intime » signalent dans leur mince compte rendu (210 mots environ) *Les Notes bibliographiques : Revue mensuelle du service L.FA.C.F.* Jacques Madaule, dans *Le Monde* (article de 1 140 mots), parle d'une « espèce d'autobiographie poétique » et Claude Roy dans *Libération* d'une « autobiographie désespérée » (article de 800 mots). Pour *Le Bulletin bibliographique* (compte rendu non signé de 230 mots), il s'agit d'« une somme autobiographique qui est synthèse d'une vie vouée à la poésie ». Le terme de « confession », spécifiant l'autobiographie sur le mode religieux sera ici également employé.

De même Claude Roy :

Un homme [le poète] qui dit qu'il croit au paradis en confessant qu'il le fait du fond de l'enfer

(*Libération*)

Une métaphore religieuse au début de l'article de Claude Roy qualifie l'engagement politique de Louis Aragon. A. Blanchet également, dans la revue *Études* (revue fondée par des Pères de la Compagnie de Jésus), rapproche la foi d'Aragon de la foi des catholiques.

Certains journalistes vont jusqu'à parler de « testament » : « Louis Aragon a entrepris [...] de rédiger son testament » écrit T. Ph. dans un article assez malveillant, et Luc Estang parle de « cette sorte de grand testament ».

Le Suisse Georges Bratschi condamne le poète dans un article assez malintentionné :

Si l'amour tient dans ce testament la première place. Aragon laisse aussi percer l'admiration nostalgique qu'il porte à son propre personnage.

(*La Tribune de Genève* du 07/05/57. Article de 830 mots environ.)

Les critiques insistent sur la proximité de la mort (articles de Juin et de Blanchet).

Ce « poème d'une vie » (René Lacôte) est lu en général comme un « témoignage sincère » : « Ce poème est un témoignage humain d'une qualité fort rare », conclut J. Madaule, et R. Lacôte y voit « le plus réaliste témoignage » sur « le climat parisien de sa jeunesse [celle de Louis Aragon] ». La sincérité de l'écrivain est toutefois mise en doute par Maurice Nadeau pour qui elle est surtout un effet du genre choisi : l'autobiographie, opinion qui est aussi celle de Serge Michenaud : « La sincérité semble n'y être qu'un effet de l'art. » Alain Bosquet, quant à lui, met en cause lui aussi la complaisance avec laquelle Louis Aragon se juge.

[...]

Continuité d'une ligne esthétique prônée bruyamment par Aragon depuis quelques années ou, au contraire, rupture d'avec cette ligne et par-dessus les siècles renouement avec les traditions médiévales qui ont fait la réussite des poèmes de la Résistance, les deux positions sont défendues contradictoirement par les critiques : les communistes insistant plus volontiers sur la continuité, les autres sur la rupture...

[...]

Une constante lorsqu'il s'agit des textes d'Aragon : la critique communiste est unanime pour couvrir d'éloges *Le Roman inachevé*. Comme d'autres textes de cet auteur et en particulier *Les Communistes*, ce recueil de poèmes semble concrétiser l'attente des militants. Il leur renvoie une certaine image d'eux-mêmes qui se lit dans de nombreux articles de la presse communiste :

La véritable grandeur de Louis Aragon, explique Jean Tortel, *est de dépasser sa cause personnelle pour la faire coïncider avec le destin commun.*

Ce critique, à mon sens, a vu juste : la trajectoire de Louis Aragon reflète celle de beaucoup de militants. La présence du « nous » dans les articles de partisans communistes (comme Jean Marcenac par exemple) révèle que la lecture du recueil est faite à la lumière d'un engagement collectif ; c'est un membre de la « famille » qui parle ici et il le fait au nom de l'ensemble de cette famille : « *Nous* découvrons émerveillés... », « ceux qui se figurent que le confort intellectuel est *notre* lot... », « vous n'aurez pas raison de *nous...* ».

Si Marcenac, dans les colonnes autorisées du parti, celles de *L'Humanité*, conclut triomphalement sur la « victoire des peuples », de concert avec celle des communistes (« la nôtre »), Claude Roy, encore membre du parti à l'époque, laisse entendre dans *Libération* une autre voix que la langue de bois partisane : pour lui, Aragon traduit dans ce recueil une souffrance qui « nous concerne tous » et, sans qu'ils soient directement nommés, les communistes du lendemain du XXᵉ congrès et de l'invasion de la Hongrie forment indéniablement la communauté à laquelle renvoie ce « nous ».

[...] *si nous souffrons au profond de nous-même, notre souffrance est d'abord celle de millions d'hommes qu'il faut désormais arracher à leur malheur.*

(*Libération*)

[...]

« *Le Roman inachevé* est-il un livre pessimiste ? » titre Pierre Courtade le 12 février 1957 :

pas moins de 98 vers cités dans un article qui compte près de 3 800 mots visent à démontrer l'optimisme qui se dégage du recueil et la fidélité d'Aragon à son parti et à son idéal communiste :

« Un homme qui eût désespéré de la vie et désespéré de la cause à laquelle il avait donné sa vie aurait-il pu nous donner ces chants qui ont aidé à vivre et à combattre ? » interroge Pierre Courtade, citant lui aussi, en dernier lieu, le vers « Le bonheur existe et j'y crois » qui figurait sur la bande annonce de l'ouvrage, et deux autres vers de « La Nuit de Moscou ». René Andrieu, dans *La Liberté de Lille* (article de 900 mots) estime, lui aussi, qu'il « faudrait beaucoup de mauvaise foi pour présenter comme un livre désespéré ce poème où ne cesse d'apparaître comme en filigrane cette lente progression de l'humanité vers son avenir ».

Hubert Juin parlait d'un « optimisme de commande » à propos de la « Prose du bonheur et d'Elsa » ; l'épithète conviendrait mieux à l'article de Courtade dont Claude Roy révèle, dans *Somme toute*, qu'il a précisément été commandé. Il « répondait » à son propre papier de *Libération* :

Pierre « *démontrait* » *que rien de ce qu'Aragon avait dit dans* Le Roman inachevé *ne voulait dire ce que cela disait. Il me téléphona, le jour où son article parut : « Qu'est-ce que tu veux, bien sûr tu as raison ! Mais Aragon m'a demandé de répondre à ton papier. Il ne veut pas que son livre fasse de vagues dans le Parti.* »

Ainsi Aragon lui-même aurait voulu minimiser l'impact de son livre sur les militants du parti ; nul n'est mieux placé que l'écrivain de la contrebande pour savoir que l'écriture indirecte de la poésie révèle bien plus qu'elle ne cache. L'attitude d'Aragon évolua au fil des années et en 1966 la préface d'Étiemble au *Roman inachevé* — elle aussi « commandée » par le poète — développe l'idée qu'« Aragon-aux-liens » s'y « déliait ». Étiemble y voit l'amorce d'une remise en cause personnelle qui trouvera son aboutissement dans *La Mise à mort.*

[...]

Dans notre corpus, deux étapes de la réception se dessinent assez nettement : une première qui, chronologiquement, va jusqu'à fin janvier 1957 et qui regroupe les articles d'auteurs ayant un contact direct avec le recueil et une seconde qui réunit les articles dont les auteurs ont connu ou pu lire les articles précédemment parus. Entrant dans des polémiques dépassant le cadre d'une lecture strictement littéraire du texte d'Aragon, ce sont alors des adversaires politiques qui vont s'affronter.

René Andrieu accuse ouvertement Nadeau : *Il est difficile de lui pardonner [Aragon] d'être un communiste et on veut à travers le poète attaquer son parti, jeter le discrédit sur le combat mené pour le bonheur de l'homme [...]. Quel beau spectacle nous offrent ces humanistes, quand ils croient venir le temps de la curée.*

(*La liberté de Lille.*)

Même ton chez Courtade qui s'en prend aux « faussaires » et aux « calomniateurs ». Pour lui, les critiques veulent tirer du *Roman inachevé* « la confidence d'une amertume qui aurait une signification anticommuniste ». Courtade attaque plus précisément Le Corre du *Figaro*, type même du « calomniateur ». Au-delà des querelles littéraires, il s'agit bien ici d'une querelle d'hommes :

> *La témérité n'est pas son fort, si l'on en juge par la façon dont il [Le Corre] a lâché le Parti communiste à l'heure du danger.*

Courtade s'en prend également à Maurice Clavel (qui écrit dans *Combat*) et son « anticommunisme primaire », tirades qui ressemblent comme des sœurs aux grandes envolées d'André Wurmser dans *Les Lettres françaises*, lorsque celui-ci défendait *Les Communistes*, titrant par exemple « *Les Communistes* ou le romancier contre les falsificateurs de l'histoire ».

Jean Varloot, au début de son article cite « L'Ombre et le mulet » extrait des *Yeux et la Mémoire*, pour « répondre aux malveillants ». Quant à Jean Marcenac, il lance le « défi » de lire ce livre mais prévient « les irréductibles canailles qui hurlent à notre mort ». Le mot figure également sous la plume de C. Roy (« politiciens canailles ») : il qualifie l'anticommuniste tout autant que le critique anti-Aragon. Il s'agit bien ici de « prévention » : on s'arme contre un « ennemi » clairement désigné (Courtade citant Le Corre, Andrieu répondant à Nadeau) mais aussi supposé, voire imaginaire (« Que l'on ricane chez nos ennemis », s'écrie Suzanne Frédériq) ; c'est toute la rhétorique stalinienne qui est encore à l'œuvre dans ces articles : complexe de persécution (fondé ou non, là n'est pas le problème), idée qu'une conspiration secrète se trame contre le parti, que ne pas aimer l'œuvre d'un écrivain du parti revient à faire preuve d'anticommunisme sont autant d'éléments qui fondent une rhétorique du complot qui, traversant toutes les années 50, assure par la désignation de l'ennemi la cohésion du groupe communiste.

*

Il est impossible de faire la synthèse des opinions exprimées au sujet du *Roman inachevé* au moment de sa parution. [...] Ce livre, remarquablement polysémique et polyphonique, se prête bien à des interprétations multiples, qui peuvent être contradictoires : chacun a extrait du *Roman inachevé* ce qui lui convenait, l'a réduit à l'univocité d'un discours et a étouffé les ambiguïtés et les contradictions du texte.

Les critiques non communistes semblent souvent gênés par l'engagement politique de Louis Aragon. L'homme public et l'image qu'il donne de lui déteignent immanquablement sur la réception de l'œuvre littéraire. Difficile d'en faire abstraction et de considérer le texte de manière sereine. Une lecture linéaire du *Roman inachevé* sera souvent privilégiée : l'enfance du poète est tout d'abord évoquée, puis la guerre, le surréalisme, l'adhésion au communisme ; par là, le glissement se fait subrepticement de la critique littéraire au jugement sur la biographie de l'auteur. Du côté communiste, ceci étant valable pour la majeure partie des livres qu'Aragon publia après son engagement dans le P.C.F., un véritable concert de louanges est célébré dans une unanimité souhaitée et entretenue par l'écrivain lui-même. Lorsqu'un communiste comme Claude Roy, dans un article plein d'euphémismes, nomme les déchirements et la souffrance du poète, Aragon agit pour rééquilibrer le consensus. Il se pose comme garant de la cohésion du groupe et autour de lui, pour lui et ses textes, se dresse une véritable armée de militants. L'écrivain est reconnu en tant que porte-parole de la famille communiste et défendu comme tel (quelquefois même avant qu'il ne soit attaqué d'ailleurs !).

VI. ÉTUDES CRITIQUES

1. OUVRAGES ABORDANT *LE ROMAN INACHEVÉ*

NATHALIE PIEGAY,
« JE *LYRIQUE*, JE *AUTOBIOGRAPHIQUE* »

Nathalie Piegay a consacré une grande partie de ses travaux à l'œuvre d'Aragon et a publié un ouvrage de référence sur l'esthétique d'Aragon, traitée dans sa diversité. Elle y consacre un chapitre au *Roman inachevé*.

Notre hypothèse est que la dimension autobiographique de ce recueil résulte de la posture que le sujet lyrique adopte envers les expériences et les circonstances d'une vie qu'il met en récit et en vers. Les textes du *Roman inachevé* ne sont pas plus rivés à la circonstance biographique que ceux d'*Elsa* ou du *Crève-Cœur*, mais l'attitude du sujet lyrique envers la diction de son existence, le type d'interlocution qu'il requiert et la contradiction qui anime ce projet poétique, qui vise à la fois à la mise en ordre du temps et à son suspens, fondent, eux, le projet autobiographique du recueil. [...]

On comprend donc que si le « je » lyrique, dans *Le Roman inachevé*, est autobiographique, ce n'est pas parce qu'il raconte tel ou tel événement, ni même parce qu'il s'expose à l'Histoire et à son urgence, mais bien plutôt parce qu'il tente de ressaisir globalement l'identité d'un sujet, sa vie, son histoire. Il est remarquable que *Le Roman inachevé* ne procède à aucun montage de textes antérieurs, alors même qu'Aragon

L'Esthétique d'Aragon, SEDES, 1997, p. 91-93.

aurait pu puiser dans son œuvre quantité de textes à contenu autobiographique. Mais c'eût été interrompre la fiction d'une remémoration continue, semblable à la coulée d'un récit autobiographique. Cette absence du collage dans le recueil de 56 non seulement souligne la cohérence et la singularité du projet autobiographique et poétique, mais permet aussi de mesurer par combien la mémoire est sélective, qui s'attarde longuement sur l'enfance et les années vingt, et passe si vite sur les années quarante ; mémoire aussi qui « oublie » de dire la destruction du manuscrit de *La Défense de l'infini* évoquée avec tant de force dans le « Chant de la Puerta del Sol » ; en outre, alors que le texte s'attarde longuement sur les années surréalistes et met en scène l'écriture avec son rituel et donne à lire même sa poétique, l'activité de romancier d'Aragon n'est pas évoquée. Seule la parodie de l'incipit d'*Aurélien* peut faire allusion au *Monde réel*, mais précisément dans un texte qui évoque les années surréalistes ; on peut voir également dans la mention de « l'écriture en plein midi », qu'aurait donnée à Aragon Elsa, les romans du *Monde réel*. Mais la discrétion de ces allusions, comme la rapidité avec laquelle Aragon passe sur les années 40 et sur son activité de poète dans la Résistance, laissent entendre que les années surréalistes, plus que le réalisme, sont constitutives de son identité.

OLIVIER BARBARANT,
UNE DÉBÂCLE DE « BEL CANTO »

Olivier Barbarant a publié en 1997 un ouvrage d'ensemble sur le poète, dont nous extrayons ces passages :

Pour raconter sa propre histoire, le poète lie [...] dès le début de son livre le roman autobiographique à une « romance » dont le charme est prégnant, mais incompréhensible (« D'où sort cette chanson lointaine »).

Aragon. La Mémoire et l'excès, Champ Vallon, 1997, p. 145-148.

Son paysage lyrique le plus intime apparaît ainsi lié, irrémédiablement, à des « chansonnettes » mécaniques. Il est lui-même, et jusque dans son corps semble-t-il, traversé par ses « rafales » de mélodies, un « bel canto » à roulades qui plonge dans le passé, réveille le roman familial, les souvenirs d'enfance, tout « le chant intérieur » d'un être. Mais cette « fatalité » de la chanson lui devient presque intolérable, dès lors qu'il prend conscience de la « vieillerie » poétique, des facilités de l'écoulement, du danger surtout de filer des ritournelles ou le moulin d'un discours. Pour figurer son propre drame, il lui faut donc avoir recours aussi à d'autres mesures, plus longues (vers de 16 ou vers libres), moins tournoyantes. *Le Roman inachevé* fait alors passer le « chant » de la Résistance du côté d'une « romance » désabusée, qui questionne ses propres possibilités. Un splendide et virtuose gaspillage de vers réguliers sonne ainsi comme un impossible adieu à une forme de « chant » poétique que le poète vit désormais comme une malheureuse fatalité, comme un amour paradoxal.

Dans et par cette remise en cause, la métrique d'Aragon reconquiert alors tout ce qu'elle avait pu perdre de charme et de justesse.

En effet, il ne suffit pas de prendre en compte les attaques contre la « mécanique » des chansons ; il faut aussi constater que cet « orgue de Barbarie » sonne comme jamais à travers la voix déchirée du *Roman inachevé.* Aragon ne renie donc en rien son goût pour la « romance » quand il le conteste, quand il houspille sa propre voix, quand il s'en prend à l'aisance avec laquelle l'univers se met chez lui en mètres réguliers. En harcelant la métrique, il est le seul poète moderne peut-être à s'installer de plain-pied dans l'une des questions majeures de l'écriture : que faire du « chant » dès lors que l'univers n'apparaît plus sous forme unifiée, qu'aucune foi ne vient garantir l'ordre des régularités, que l'itération est vécue, non plus comme la preuve d'un ordre supérieur auquel le poète aurait accès, mais comme une douce berceuse dissimulant les cassures, et le chaos du monde réel ? À ces questions, la plupart des contemporains ont répondu par un abandon définitif du vers ; d'autres tournent autour de la régularité, fidèles à la leçon de Verlaine, selon lequel il s'agit d'instiller une dissonance pour que le poème restitue le « tremblé » des émotions, l'incertitude de notre rapport au monde. L'érudition d'Aragon, sa fascination vertigineuse pour la romance lui interdisent le plus souvent de tels louvoiements : il ne peut pas se résoudre à abandonner Charles d'Orléans ni Lamartine, Racine ni Victor Hugo.

La hautaine revendication des formes traditionnelles, qui constituait le message essentiel du paratexte des années de guerre, devient alors la confidence endolorie d'un amour douloureux pour la « vieillerie » :

Je chante pour passer le temps
Petit qu'il me reste de vivre
Comme on dessine sur le givre
Comme on se fait le cœur content
À lancer cailloux sur l'étang
Je chante pour passer le temps

Pourtant une telle désillusion n'aurait aucun effet, ni aucun intérêt, si elle n'était portée par le « charme » permanent des romances aragoniennes. Le lecteur assiste ainsi en même temps à une explosion incomparable de mélodies, et à leur déstabilisation. Le virtuose du vers écrit désormais au cœur d'une contradiction que son talent donne pleinement à entendre ; l'inaltérable envoûtement de la romance persiste jusque dans sa condamnation. « Aragon ne règne plus : il aime », a dit Étiemble dans sa célèbre préface à la réédition du *Roman inachevé* en 1966. La formule n'est peut-être pas adéquate en termes politiques ou thématiques : le poète n'a aucunement abandonné le terrain de l'Histoire, en décidant de raconter son destin en même temps que celui du siècle, offrant ainsi un éclairage personnel et politique plus convaincant que les proclamations immédiatement antérieures. La phrase décrit précisément, en revanche, la révolution du ton : la hauteur du prince des vers cède la place à une confession déchirée, qui restitue aux formes toute leur force d'émotion.

1956 apparaît ainsi comme la date de (re)naissance d'un poète. La splendeur du livre tient sans doute dans la parfaite adéquation des questions métriques et du thème autobiographique : une vie blessée, tantôt éblouie et tantôt lacérée, se réinvente et se parcourt dans de soudaines explosions de musique comme dans des crises de colère contre la fanure et la dérision qui saisit jusque dans les vieux émois. La rencontre entre métrique et mémoire, entre le désordre d'une existence et le chaos du livre, se double ainsi d'une perpétuelle insatisfaction, qui donne justement son relief à la voix, et sa pro-

fondeur au lyrisme. La douloureuse crise politique des années cinquante a permis, pour ce qui
concerne la poésie, à Aragon de considérer la
part de l'absence : ce qui manquait jusqu'ici
à ses parfaites prouesses de voix, c'était justement l'expression du manque, du défaut, de la
confrontation à la mort. La dilapidation éperdue
de 1956 fournit à la poésie sa part de défaillance.

C'est qu'en effet la poésie consiste sans
doute moins dans la confection d'objets impec-
cables que dans la contestation des pouvoirs de
la langue, moins dans l'éblouissement que dans
la mise en forme d'un perpétuel écart entre
l'émotion et sa résistance, moins dans le manie-
ment habile d'une langue que dans sa critique.
L'exploit d'Aragon est d'avoir tenu jusqu'au bout
ses deux aspects de l'écriture : l'insuffisance
chez lui ne se traduit pourtant pas en rétention du
discours, en vigilante paralysie, mais dans un
excès supplémentaire. Au lieu d'abandonner le
terrain, il multiplie les effets et les formes. Que le
constat d'un échec passe par le goût très érotique du « saccage », et que la frénésie prenne la
forme d'un festoiement de langue ; que le plaisir
ambigu de la romance contredise les cassures
de l'Histoire et les déchirures du sujet, c'est sans
doute par ce nouveau paradoxe que *Le Roman
inachevé* constitue un véritable regain, et l'un des
chefs-d'œuvre du créateur.

[...]

OLIVIER BARBARANT, *UN OPÉRA DE LA PERSONNE*

L'un des scandales les plus fascinants d'Aragon
est de donner ainsi un accès direct à la plasticité
du moi, à la diversité que constitue un sujet. Les
errements politiques ne suffisant pas à expliquer

Ibid. p. 178-180.

les haines et les rejets, il faut en effet prendre en compte, pour les comprendre, la confrontation systématique qu'impose le lyrisme aragonien à la multiplicité d'être soi-même. Il suffit pour s'en rendre compte de comparer la réception d'Aragon à celle d'Éluard [...]. Qu'un être puisse chanter l'amour de la Dame, puis l'homosexualité, qu'il exalte à la fois la plus minutieuse oreille musicale et un réalisme problématique, qu'il passe de la plainte déchirante au rictus ironique, qu'il combine dans son spectacle le sublime au grotesque, en bref qu'il réalise le mélange romantique des registres dans une rythmique incomparable, et le voilà aussitôt suspect de truquer. Qu'il parvienne à dépasser les sortilèges de sa propre virtuosité, et qu'il refuse de rabattre la poésie vers le silence ou la parole « taciturne » de la dernière modernité, on le soupçonne aussitôt de travestir, d'orner, quand il revendique l'ornement, le droit, voire le devoir, d'user de tout le faste d'une parole en compétition avec le grand spectacle des apparences. Au cœur de l'œuvre règnent ainsi la démesure, la splendeur, la complexité totalisante de l'opéra. Mais l'enjeu est, toujours, que le poète évoque l'histoire ou ses amours, la guerre ou l'enfance, l'invention paniquée d'un visage.

2. ARTICLES SUR *LE ROMAN INACHEVÉ*

WOLFGANG BABILAS, *L'AUTOPORTRAIT DU MOI-JE*

Les travaux de Wolfgang Babilas, professeur à l'université de Münster, sont connus de tous les aragoniens. Il déclarait en 1991, au colloque d'Aix-en-Provence consacré à *Aragon 1956* :

Le moi-je dont le récitant du *Roman inachevé* fait le portrait me semble organisé comme une structure, un réseau de rapports, et ce sont ces rapports et leurs termes que je voudrais essayer d'identifier et d'analyser. [...]

« L'autoportrait du moi-je dans *Le Roman inachevé* », in *Aragon 56*, *op. cit.*, p. 28-30.

Un rapport important dont se compose cette structure est celui de l'opposition entre un moi-victime et un moi-bourreau. Cette opposition, forme spéciale de l'opposition plus générale entre un moi-objet et un moi-sujet, se joue à la fois sur le plan social et sur le plan psychique. Le récitant présente le moi-victime comme l'objet de l'agression exercée par le destin et, surtout, par les autres, il décrit les divers effets que cette agression provoque chez lui, et il évoque les attitudes et les comportements par lesquels le moi réagit aux activités des puissances d'agression. Le moi-bourreau, par contre, est ce côté du récitant qui prend sa revanche sur l'agression subie et convertit ses souffrances en contre-attaques contre les autres qui, eux, représentent symboliquement les forces d'agression sans être nécessairement identiques à elles. C'est donc finalement le schéma du persécuté-persécuteur, qui avait déjà fourni à Aragon le titre d'un ouvrage (1931), qui définit le rapport qu'entretiennent les deux éléments du moi entre eux. Il faut pourtant ajouter que l'espace consacré, dans *Le Roman inachevé*, au « persécuté » est beaucoup plus grand que celui réservé au « persécuteur », ce qui laisse supposer qu'aux yeux du récitant, le poids des deux termes de l'opposition n'est pas le même.

L'agression qui émane des autres, et dont le moi est la victime, se compose de diverses activités d'une gravité apparemment inégale, mais toujours efficace; cette agression prend des formes très différentes et est menée par des agents de toute sorte. Au niveau du langage du poème, elle se traduit à la fois par des métaphores et par des expressions non figurées.

Essayons de regarder d'un peu plus près ces activités agressives et d'en établir une certaine trajectoire logique.

La forme d'agression qui semble frapper le plus le moi, c'est l'humiliation. Cela commence par le silence qui exclut, signifiant au moi sa non-appartenance à un certain monde. Cela se poursuit par les « Rires des gens » qui « s'amusent / D'un jeune homme inconnu dont les mots sont de feu » et par des discours désobligeants menés derrière le dos du récitant. L'humiliation lui vient aussi de la femme aimée qui lui joue la comédie de l'amour. Une autre forme grave de l'agression est la fin de non-recevoir par laquelle les gens répondent au désir ardent du moi d'être considéré comme un des leurs, d'être accepté dans le milieu des autres (« ils ne t'aimeront jamais ils ne t'accepteront jamais comme un des leurs »). Le moi est convaincu que tout ce qui semble promettre son intégration future dans la communauté des autres ne se révèle, ne se révélera que comme illusion et, de la part des autres, que comme feinte et mensonge derrière lesquels se cachent le calcul et la tactique.

Humilié par les gens, trahi par la femme aimée, repoussé par « ceux-là vers qui j'allais » — disons, en franchissant, comme je l'avais annoncé, les limites d'une lecture exclusivement intra-textuelle : les communistes —, rejeté par « les autres hommes », le moi se voit condamné au rôle de celui qui ne fait qu'importuner les autres, du mal-aimé (« toi qu'on ne peut aimer »), de l'« étranger », du « maudit ».

À côté du rejet global du moi, il y des actions agressives particulières dirigées contre le récitant, et qui se résument dans la violation de son autonomie personnelle. Une certaine forme de l'agression est la manière inadéquate qu'ont les gens d'interpréter son œuvre : ils sont incapables de s'ouvrir à son message ou à sa forme (ils sont « sourds » ou « ahuris »), ils lisent l'œuvre à travers leurs préjugés, ils projettent leur propre pensée mesquine, leur propre « indigence » sur le récitant, ils méconnaissent ou travestissent l'intention de son écriture.

L'agression psychologique des autres se traduit par des métaphores évoquant des tortures physiques extrêmes (« On peut me déchirer de toutes les manières / M'écarteler briser percer de mille trous »). Ce sont des formules semblables qui servent au récitant à décrire cette forme spéciale d'agression qui, adoptant un tour indirect, prend pour cible première « ce que j'aime », périphrase, sans doute, de cet autre personnage du *Roman inachevé* qui s'appelle Elsa. Ces agressions trouvent leur expression poétique dans des formules désignant la collusion de tortures physiques et psychiques.

Il y a finalement l'agression qui vient des événements historiques contemporains, du hasard, des catastrophes naturelles, de la pauvreté qui humilie le nanti. Et il y a une espèce particulière d'agresseurs que je crois pouvoir identifier avec les biographes dont les fouilles dans les profondeurs du moi sont désignées par des métaphores qui ne se distinguent guère de celles appliquées aux ennemis jusqu'ici évoqués : « Fouillez fouillez bien le fond des blessures /

Disséquez les nerfs et craquez les os / Comme des noix tendres ». C'est contre eux que le récitant cherche à préserver son moi le plus intime (« Détrousseurs laissez-moi mes ruisseaux ténébreux »). En tant que victime, le moi considère son histoire comme celle de ses « défaites » : « Je traîne après moi trop d'échecs et de mécomptes ».

DANIEL BOUGNOUX, *LE LONG/ LE COURT*

Dans un volume d'hommage à Jean-Charles Gateau, « Rêve et poésie », Daniel Bougnoux a publié la monographie d'un poème du *Roman inachevé*, « Le long pour l'un pour l'autre est court » (p. 124-125) :

Le long / le court : de quoi s'agit-il ? De deux états du poème à première vue (celle du lecteur), de deux qualités de l'eau selon le déroulement du texte, la rivière du premier paragraphe opposée à l'eau stagnante des mares (tercets enchâssés ou retenus captifs par le « barrage » du texte principal).

Mais qui sont ces « deux sortes de gens » ? [...] L'un a de la mémoire, et de la fidélité, il voudrait faire barrage au temps, *amarrer* en ce lieu son amour..., « et l'autre fuit comme l'argent », allusion au cours rapide de la rivière, mais aussi aux amours d'une vie volage, et aux désaccords nés entre eux de la richesse de Nancy, héritière des paquebots Cunard, voyageuse et fugueuse (une truite argentée).

Le vers de seize syllabes, aux emplois toujours raffinés dans *Le Roman inachevé*, permet ici de mimer indiciellement l'étirement de la rivière (avec allitération des liquides qui se multiplient

« Le poète fait ce qu'il dit », *Recherches et Travaux*, nº 47, Presses de l'université de Grenoble, 1995.

aux syllabes accentuées des premiers vers). La rime interne scintille : *Pour l'autre, court, pour l'eau, courir, détour, tout un jour...* disséminent ou tissent diversement le mot-à-mot du mot central posé à la césure du vers 3, *amour* ; une icône visuelle et sonore du poisson brille furtivement au vers 4 dans l'allitération entre *bruit, prompt* et *truite* ; la mention de la Dordogne, rivière formée par la Dore et la Dogne, fait elle-même icône de la confluence amoureuse, et son lit suggère un sommeil enfantin ; le paysage enfin ralentit le cours du poème quand la vision s'approfondit et s'immobilise (le poème fait voir ce qu'il dit) au barrage du *rocher.*

Le petit poème des quatre tercets centraux réalise performativement cette quadruple stase : de l'eau, du temps, de la voix narrative, d'un amour stabilisé, *amarré...* Le poète y fait ce qu'il dit : « le mot-à-mot du mot amour », épelé lettre à lettre. Les cinq syllabes du vers 7 martèlent cinq fois la lettre *a* ; *amarre, au mort, dans l'ombre, mue...* éparpillant l'anagramme d'amour. La consonne *m*, maîtresse du mot, apparaît cinq fois dans le tercet, et le vers 8 l'impose en son centre avec une force particulière : là où l'on attendait *au [bord] des mares*, cette substitution du *m* au *b* fait violence à la langue, mais révèle peut-être la vérité du fantasme. L'amour encalminé au sommeil des mares, s'il se laisse prendre à sa propre extase, est guetté par la mort. « Celui qui veut serrer son bonheur il le broie », affirmait un célèbre poème de l'année 1943. Morale amère de l'amour que développera le grand roman de 1965, *La Mise à mort*, avec la figure d'Othello. Il faudra encore deux ans pour que le vagabondage avec Nane mène au More, et à la mort, de Venise. [...]

Geneviève Mouillaud-Fraisse déclarait au cours du même colloque *Aragon 1956* :

J'en reviens pour conclure à mon hypothèse de la contrebande. Le texte et le contexte n'interdisent pas cette interprétation, celle d'une duplicité qui devrait permettre au *Roman inachevé* de passer sans encombre la censure du Parti. Aragon est membre du Comité central et, au congrès du Havre, au plus fort de l'occultation du Rapport [Krouchtchev], il se comporte comme un membre parfaitement conforme. Cependant, plus que d'une simple contrebande, à sens unique, qui aurait laissé entendre sa vérité à travers une apparence fallacieuse, il faudrait parler de double contrebande. Le Parti communiste est monolithique, mais les communistes profondément divisés. Chez les lecteurs potentiels d'Aragon l'exigence de dire n'est pas moindre que celle de ne pas dire, et *Le Roman inachevé* peut se lire, à un certain niveau, comme un compromis acrobatique entre les exigences destinataires incompatibles.

Mais ce serait une vision réductrice de s'en tenir à cette duplicité-là. J'espère avoir montré un autre dédoublement, celui d'un double niveau, d'un retour réflexif de la parole et du sujet sur leur propre structure. Dire l'impossibilité de dire, faire entendre quelque chose de cela, c'est autre chose que de la contrebande et même qu'une double contre-bande.

Cela traverse la distinction privé-public, ou personnel-politique. « Ta propre tragédie », l'expression est à prendre au sérieux, comme l'expérience fondamentale de la pensée captive,

« 1956 ou l'indicible dans *Le Roman inachevé* », in *Aragon 56, op. cit.*, p. 174-175.

captivée dans son rapport à l'organisme qui la contient et qu'elle contient, au plus soi que soi. L'inavouable est tel parce qu'il n'est pas celui du *je* comme individu séparé, il est celui des siens, de « ce que j'aime » et qui lui est plus cher que « le dedans de ma pensée ». C'est « le meilleur de l'âme », le « dévouement », qui noue le nœud coulant de l'inavouable. L'aboutissement logique de cette abnégation est l'implosion du sujet parlant, cette dispersion de cendres sur laquelle se termine « Parenthèse 56 », la cendre de soi comme poussière d'une « lettre d'amour ». [...] Une voix parle de ce que c'est qu'une voix qui s'étrangle, et le donne à entendre.

SUZANNE RAVIS, LUCIEN VICTOR,
SUR LES TROIS « PROSES »

Quelques mois avant le colloque d'Aix-en-Provence *Aragon 1956* qu'elle dirigea, Suzanne Ravis fit paraître avec Lucien Victor dans l'important numéro d'Europe, « Aragon poète », en mai 1991, une étude « Sur les trois "proses" du *Roman inachevé* » :

Il y a dans *Le Roman inachevé* trois trous noirs, trois diamants noirs, trois lieux de surrection du texte du poème, qui sont sans doute aussi trois lieux de rupture, d'effondrement et de disparition du poème. Trois moments où se constate, quoique avec de fortes différences de l'un à l'autre, l'inanité du poème, de la poésie (successivement dans « Parenthèse 56 », « Italia mea » et « L'amour qui n'est pas un mot »). Ce constat est dans le texte même qui s'écrit (et se crie, ou se raconte), il est aussi dans le fait même d'installer ces énormes morceaux au statut indécis dans une certaine mesure, trois fois dans

Europe, nº 745, mai 1991, p. 80 et 84-86.

Le Roman inachevé et chaque fois, un dans chaque section du recueil, dans une position peu comparable, ou même sans comparaison possible, avec celle des deux autres. Ce sont sans doute des lieux essentiels du poème parce que, semble-t-il, des lieux où se croisent avec violence et ambiguïté deux des dimensions temporelles du recueil, celle de l'« envers du temps », et celle de l'endroit, c'est-à-dire du réel immédiat et contemporain, des contradictions et des déchirements vécus par Aragon dans ces années 1950, des soupçons et des haines dont il se sent environné, et dont il fait ici confidence douloureuse et voilée.

[...] Ainsi donc ces trois textes, tout prosaïques qu'ils sont, se laissent entendre comme encore souterrainement traversés, irrigués, par des nappes métriques et/ou rythmiques, plus ou moins conscientes et voulues. Et en même temps, ils sont le lieu de l'irrégularité, de la rupture constante, dans la syntaxe et le rythme qui les fait prose. Ils franchissent une sorte de ligne frontière entre poésie marquée et autre chose qui n'a pas vraiment de nom et qui n'est pas vraiment prose. [...]

Ces trois proses font rupture, il est clair qu'on les reçoit, qu'on les entend d'abord comme cela ; elles sont une espèce d'instrument de brouillage, d'interruption, de suspension, ou plutôt d'état de ce qui a lieu, de ce qui surgit dans la parole du poète quand, dans certaines conditions, le chant réglé se brise. Deux d'entre elles sont complètement immergées dans le présent de réécriture : présent ambigu ?

La prose intermédiaire est enfermée complètement, semble-t-il, dans un moment du passé, moment d'une expérience dramatique. C'est la première des trois qui est la plus explicite sur cet aspect de rupture : on peut penser qu'elle a donné le modèle et le coup d'envoi.

Mais elles sont aussi à prendre comme pièces dans le macropoème auquel elles appartiennent ; elles sont alors la forme que prend l'impossibilité affirmée de continuer à faire tourner le vers/la strophe, et, indissolublement, elles sont la forme que prend le vers continué par d'autres moyens. Et à prendre comme pièces dans le système des trois qu'elles construisent, même si est affiché de ce point de vue le souci de contraster la deuxième en regard de la première et de la troisième.

Enfin elles sont le lieu d'un paradoxe : à la fois liées, au moins pour la première et la troisième, au présent le plus présent, le plus insupportable, du poète, et interruptrices du roman, forme et moyen d'enregistrer cette interruption, de dire qu'il n'est plus possible de ne pas lui donner soudain toute sa place, elles sont aussi toutes trois en communication avec certaines des formes originelles de l'écriture d'Aragon. Nous ne visons pas ici les écritures automatiques, très sensiblement différentes, mais certains aspects de la prose des années de surréalisme « Ô manie, ô manie » (« Moi l'abeille », le premier « chapitre » d'Irène...). De ce point de vue aussi, la prose du milieu s'inscrit dans une stylistique assez nettement différente de celle des deux autres. Violence obsessive et plainte qui ne veut plus se retenir d'un côté, parfum de romanesque, humour et insolence, distance comique de soi à soi de l'autre Côté.

Dans l'ouvrage collectif sur Le Souvenir dans « *Le Roman inachevé,* » publié à l'occasion de la présence du *Roman inachevé* au programme de français des classes préparatoires scientifiques en 1978, Yves Stalloni propose une longue étude sur « Le miroir, reflet du souvenir », dans laquelle il aborde en particulier la question de l'intertextualité.

On pourrait, à partir du *Roman inachevé*, dresser l'inventaire de toutes les références, citations, allusions, mentions littéraires, musicales, picturales. C'est presque un tic. Un repéré. Dans la plupart de ses œuvres, Aragon dévoile clairement les fondements culturels sur lequel s'édifie sa propre création, nous invitant à remonter, à travers l'hommage implicite de la citation, à ses « sources » lointaines ou immédiates. Cette filiation exhibée sans fard compose une image ; ces « phares » éclairent de leurs lumières le moi hésitant et obscur du poète à la recherche de lui-même.

L'utilisation de la référence culturelle se fait de plusieurs manières dont la plus évidente est l'épigraphe par laquelle le poète affirme une parenté, isole une famille de pensée ; et cette image de la « famille » n'est pas gratuite pour Aragon. Une de ses préoccupations majeures fut de se créer les attaches que sa naissance et sa jeunesse ne lui fournirent pas. [...]

Le procédé de l'épigraphe n'est pas très fréquent dans le recueil : un vers de Charles d'Orléans dans le dernier poème ; un fragment de Banville (p. 219), une strophe de Keats (p. 216), le début d'un sonnet de Pétrarque (p. 204), un vers de Pouchkine (p. 189) et une formule de Du Bellay

« Le miroir, reflet du souvenir », in *Analyses et réflexions sur... Le Souvenir dans* Le Roman inachevé *d'Aragon*, Ellipses, 1978, p. 112-114.

(p. 220). Pourtant, ces divers exergues, tous situés dans la troisième partie du recueil (comme si pour évoquer époque plus récente, le poète, pudique, tenait à demander à d'autres l'expression de ses sentiments), révèlent certaines tendances : ils sont tous empruntés à des poètes ; ils attestent de ce constant cosmopolitisme dans les goûts artistiques (le recueil le montre aussi) ; ils marquent certaines préférences : pour la littérature médiévale et renaissante, pour le lyrisme (de Keats ou Pouchkine). À ces épigraphes il faudrait ajouter celle constituée par un propre vers d'Aragon emprunté au *Cantique d'Elsa* : « Un jour j'ai cru te perdre Elsa » (p. 204). Le procédé original, et au demeurant immodeste, permet ainsi au poète de se commenter lui-même à quinze ans de distance.

Cette « mise en abyme », nouvel avatar de l'effet de miroir, aide à comprendre le rôle de ces citations liminaires. La lecture du poème est comme orientée, guidée, dirigée par la phrase d'exergue. L'auteur justifie le choix d'une forme (la rime féminine par le vers de Banville, le superlatif « mieux que » repris ironiquement de Du Bellay) ; il peut donner ainsi une clé au poème lui-même, comme c'est le cas de la dernière épigraphe : « Amoureux ont paroles peintes ». Le « desinit » du recueil paraphrase la formule :

*Il n'en restera qu'un nom sur le mur
Et sur le portrait de ma bien aimée
Mes paroles peintes.*

Enfin cette phrase sélectionnée joue en général le rôle de « miroir » quand son sens cautionne le contenu du poème qu'elle précède (Keats) ou annonce l'aveu d'une allégeance poétique (comme la traduction du poème de Pouchkine : *Voyage d'Onéguine*, p. 189).

Le Roman inachevé offre d'autres manifestations de ces « sympathies » artistiques et plus spécialement littéraires. Il s'agit parfois de la mention explicite du nom d'un écrivain qui vient s'inscrire dans une sorte de panthéon (partiel et provisoire) de l'auteur ; apparaissent ainsi : Dante (p. 29), Rimbaud (p. 51, 213), Apollinaire (p. 51), Rilke (p. 75), Lewis Carroll (p. 102), Racine et Ramuz (p. 119), Shelley (p. 99 et 165), Maïakovski (p. 185), Machado (p. 200), Nerval (p. 213) et Lorca et Desnos, et Eluard et Unik... Les exégètes décidés à remonter à la « formation littéraire » du poète sont singulièrement aidés par ce catalogue (dans la première partie de son ouvrage consacré à Aragon, Garaudy s'y essaie). On pourrait, de la même façon, dresser le panorama des goûts du poète en matière de peinture ou de musique : Watteau, Manet, Ruisdaël, Goya, Carpaccio, Guardi, Lautrec, Van Dongen... et aussi Verdi, Gounod, Schubert... Nous laissons à d'autres le soin d'écrire l'ouvrage nécessaire sur les goûts d'Aragon ; notons simplement l'échantillonnage proposé par le recueil.

D'autres fois sont carrément mentionnés le titre d'une œuvre, ou le nom du héros : *Les Mille et Une Nuits*, *Iphigénie en Tauride*, *Peau d'Âne* et *Cendrillon*, *La Truite*, *La Madeleine*, *Norma*, *L'Italienne à Alger*... mais aussi Tristan et le roi Arthur, Hippolyte et Théramène, Alice, Shéhérazade, Moll Flanders, Sherlock Holmes... Comme pour l'épigraphe, l'hommage prend parfois la forme d'une citation ou d'un pastiche : emprunt d'un vers de Charles Cros (« Amie éclatante et pure », p. 92), traduction du quadrille des Homards (p. 102), utilisation d'un refrain de comptine (« Ainsi font ainsi font font font », p. 105). Le calque est parfois évident :

Il est avec l'enfer des accommodements
(p. 91)
parfois assez discret pour que l'auteur prenne le
soin de le préciser lui-même dans ses notes :
Mon autre au loin ma mascarade (p. 17)
refait sur Apollinaire : « Mon Île au loin ma
Désirade »
Mon beau Paris emprès-Suresnes (p. 195)
directement inspiré de Villon : « Paris emprès
Pontoise ».

Nouvelle illustration de cet art moderne ; le
poète n'hésite pas à « coller » dans son œuvre
des matériaux étrangers qui viennent s'intégrer
symphoniquement dans une production originale.

Mais il existe aussi une imprégnation plus
subtile, plus diffuse de l'œuvre d'autrui. Cette
parenté tient plutôt à l'accent du vers, au motif
du poème... à un de ses aspects qui en fait un
écho (encore) d'une autre œuvre. Ainsi « Sur le
Pont Neuf » fait inévitablement penser au « Pont
Mirabeau », mais en outre ces strophes invitent
au rapprochement avec la *Nuit de Décembre* de
Musset. La « Beauté du Diable » évoque implicitement le *Faust* de Goethe et surtout le film de
René Clair ; le pèlerinage dans le « petit jardin »
(p. 17) a de quoi faire songer au Verlaine pous-
sant la porte d'un autre jardin « Après trois ans ».
Telle tempête (p. 42) retentit du voyage du
Bateau ivre et les poèmes sur la guerre s'apparentent à quelques vers de *Calligrammes*. Pour le
lecteur attentif, *Le Roman inachevé* résonne de
réminiscences culturelles (on citerait encore
Vigny, Nerval, Laforgue...). Les lieux mêmes sont
investis d'une semblable fonction évocatrice
(Uzès, Brocéliande, Venise...).

Cette revue serait incomplète si l'on ne mentionnait pas les poèmes dédicaces, hommage amical d'un poète à un de ses pairs, d'un homme à un de ses frères, contemplation émue dans une œuvre ou dans un acte. Le poème dédié à Pierre Unik (p. 213) en est le prototype ; mais le clin d'œil à Desnos est évident : « Voulez-vous parlons d'autre chose » (p. 216) et la présence du poète arménien Manouchian hante les strophes de ce qui est devenu avec la voix de Montand, par exemple, l'« Affiche rouge » (p. 227). C'est dans cette catégorie que devraient entrer les poèmes, plus nombreux, consacrés à la femme et ceux consacrés à Elsa.

VII. BIBLIOGRAPHIE

A. ŒUVRES D'ARAGON

1. ŒUVRES GROUPÉES

Œuvres romanesques croisées d'Elsa Triolet et Louis Aragon, Robert Laffont, 1964-1974, 42 vol.

L'Œuvre poétique, 15 volumes, Livre Club Diderot, 1974-1981, 15 vol.

Œuvres romanesques complètes, Gallimard, coll. « Bibliothèque de la Pléiade », t. I, 1997, t. II, 2000, et t. III, 2003.

2. ŒUVRES SÉPARÉES

Anicet ou le Panorama, roman, Gallimard coll. « Folio » (1re éd. 1921); coll. « Bibliothèque de la Pléiade », t. I.

Les Aventures de Télémaque, Gallimard, coll. « L'Imaginaire » (1re éd. 1922); coll. « Bibliothèque de la Pléiade », t. I.

Le Libertinage, Gallimard, coll. « L'Imaginaire » (1re éd. 1924); coll. « Bibliothèque de la Pléiade », t. I.

Le Paysan de Paris, Gallimard, coll. « Folio » (1re éd. 1926).

La Défense de l'infini, Gallimard, coll. « Blanche », 1986; coll. « Bibliothèque de la Pléiade », t. I; édition augmentée de Lionel Follet, coll. « Cahiers de la N.R.F », 1997.

Les Cloches de Bâle, Gallimard, coll. « Folio » (1re éd. 1934); coll. « Bibliothèque de la Pléiade », t. I.

Les Beaux Quartiers Gallimard, coll. « Folio » (1re éd. 1936).

Le Crève-cœur, Gallimard, 1941; « Poésies », 1980.

Les Yeux d'Elsa, Neuchâtel, La Bacconnière, 1942; Seghers, 1983.

La Diane française, suivi de *En étrange pays dans mon pays lui-même*, et de *Brocéliande* (1re éd. 1944 et 1942), Seghers, 1990.

Aurélien, Gallimard coll. Folio (1re éd. 1944).

Les Voyageurs de l'impériale, Gallimard, coll. « Folio » (1re éd. 1943, éd. définitive 1947), coll. « Bibliothèque de la Pléiade », t. II.

Le Nouveau Crève-cœur, Gallimard, 1948 ; « Poésies », 1980.

Les Communistes, 2e version, Messidor/Temps actuels, 1982, 2 vol. (1re éd. 1949-1951).

Les Communistes, 1re version, Stock, édition de Bernard Leuilliot, 1998.

Les Yeux et la mémoire, Gallimard, 1954.

La Semaine sainte, Gallimard, coll. « Folio » (1re éd. 1958).

Elsa, Gallimard, 1959.

Les Poètes, Gallimard, 1960 ; « Poésies », 1980.

Le Fou d'Elsa, poème, coll. « Poésie/Gallimard » (1re éd. 1963).

La Mise à mort, Gallimard, coll. « Folio » (1re éd. 1965).

Blanche ou l'Oubli, Gallimard, coll. « Folio » (1re éd. 1967).

Théâtre/Roman, Gallimard, coll. « L'Imaginaire » (1re éd. 1974).

Henri Matisse, roman, Gallimard, 1971, 2 vol. ; rééd. coll. « Quarto », 1998, 1 vol.

3. ESSAIS, ENTRETIENS ET ARTICLES RASSEMBLÉS

Pour un réalisme socialiste, Denoël et Steele, 1935.

J'abats mon jeu, Mercure de France, 1959 ; rééd. Les Lettres françaises/Mercure de France, 1992.

Entretiens avec Francis Crémieux, Gallimard, 1964.

Aragon parle avec Dominique Arban, Gallimard, 1968.

Je n'ai jamais appris à écrire ou les Incipit, Skira, 1969 ; rééd. Flammarion/Skira, coll. « Champs », 1980.
Les Collages, Hermann, coll. « Savoir », 1980.
Le Mentir-vrai, Gallimard, coll. « Folio » (1re éd. 1980).
Écrits sur l'art moderne, Flammarion, 1981.
Pour expliquer ce que j'étais, Gallimard, 1989.

B. OUVRAGES CRITIQUES ET ARTICLES SUR L'ŒUVRE D'ARAGON

1. OUVRAGES CONSACRÉS À ARAGON

Olivier Barbarant, *Aragon. La Mémoire et l'excès*, Champ Vallon, 1997.
Daniel Bougnoux, *Le Vocabulaire d'Aragon*, Ellipses, 2002.
Pierre Daix, *Aragon, Une vie à changer*, Flammarion, 1994.
Nathalie Piegay-Gros, *L'Esthétique d'Aragon*, S.E.D.E.S., 1997.
Jean Ristat, *Aragon. « Commencez par me lire ! »*, Découvertes Gallimard, 1997.

2. OUVRAGES SUR LE ROMAN INACHEVÉ

Analyses et réflexions sur... Le Souvenir dans Le Roman inachevé *d'Aragon*, ouvrage collectif, Ellipses-Édition Marketing, 1978.
Suzanne Ravis (éd.), *Aragon 1956*, Actes du colloque d'Aix-en-Provence, 5-8 septembre 1991, Université d'Aix-en-Provence, 1992 (322 p.).

3. RÉCEPTION DU ROMAN INACHEVÉ

[Extrait de la bibliographie établie par Corinne Grenouillet dans son article, « La réception du *Roman inachevé* », *Aragon 56, op. cit.*]

A. Blanchet, « *Le Roman inachevé* », Études, n° 294, 1957, p. 19-31.

Alain Bosquet, « La Poésie : Aragon ou l'insolence », *La Nouvelle nouvelle Revue française* n° 9, —/02/57, p. 320-321.

Pierre Courtade, « *Le Roman inachevé* est-il un livre pessimiste? », *L'Humanité* : 12/02/57, p. 2.

Raymond Escholier, « Aragon, poète de France », *Europe*, n° 138, —/06/57, p. 140-146.

Luc Estang, « *Le Roman inachevé* », *La Pensée française*, 15/03/57, p. 53-56.

René Étiemble, Préface à *Le Roman inachevé*, Gallimard, 1966 (Poésie), p. 5-13.

Roger Garaudy, « *Le Roman inachevé* d'Aragon », *Les Cahiers du communisme*, —/03/57, p. 415-418.

Hubert Juin, « Le silence d'Aragon », *Esprit*, n° 248, —/03/57, p. 541-548.

J. Madaule, « Un poème d'Aragon : *Le Roman inachevé* », *Le Monde*, 15/03/57, 1 p.

Maurice Nadeau, « Pitié pour Aragon », *France-Observateur*, 24/01/57, p. 14.

Bernard Robert, « *Le Roman inachevé* de Louis Aragon », *Revue de l'université d'Ottawa*, n° 39, 1969, p. 431-435.

Claude Roy, « Aragon : *Le Roman inachevé* », *Libération*, 19/12/56, 1 p.

Jean Tortel, « Le Roman inachevé, poème par Aragon », *Les Cahiers du Sud*, n° 342 (Marseille), 1957, p. 310-312.

Jean Varloot, « *Le Roman inachevé* d'Aragon », *La Pensée*, n° 72, —/03/57, p. 120-126.

Auguste Anglès, « Aragon The Inopportune » (translated by Henry B. Richardson), *Yale French Studies*, n° 21, Spring-Summer, 1958, p. 90-94.

Marina Arias, « Questions posées à l'U.R.S.S. dans *Le Roman inachevé* », p. 179-187 in *Aragon 1956, op. cit.*

Philippe Arnaud, « "Paroles peintes" dans *Le Roman inachevé* » (p. 9-21), *in* Jean Arrouye (éd.), *Écrire et voir : Aragon, Elsa Triolet et les arts visuels*, Aix-en-Provence, Univ. de Provence, 1991. (272 p.)

Wolfgang Babilas, « L'autoportrait du moi-je dans *Le Roman inachevé* », (p. 27-50, in *Aragon 1956. op. cit.* (repris dans Wolfgang Babilas, *Études sur Louis Aragon*, Münster, Nodus Publikationen, 2002, p. 632-656).

Olivier Barbarant, « Métrique et mémoire : les formes poétiques et le ressaisissement de l'histoire individuelle dans *Le Roman inachevé* » (p. 207-217), in *Aragon 1956, op. cit.*

Daniel Bougnoux, « Roman des origines, roman familial, Roman inachevé » (p. 303-311), in *Aragon 1956, op. cit.*

« Le poète fait ce qu'il dit », *Recherches et Travaux*, n° 47, « Rêve et poésie », Hommage à Jean-Charles Gateau, Université de Grenoble, 1995.

Raymond Escholier, « Aragon poète de France », *Europe*, 35e année, n° 138, juin 1957, p. 140-146.

Roger Garaudy, « *Le Roman inachevé* d'Aragon », *Cahiers du communisme*, vol. 33, n° 3, 1957.

Corinne Grenouillet, « La réception du Roman inachevé » (p. 2), in *Aragon 1956, op. cit.*

Bruno Hongre, « Explication n° 24 : "Il n'aurait fallu..." », in *25 modèles d'explication de texte et de lecture méthodique*, Marabout, 1994, p. 446-458.

Hubert Juin, « Le silence d'Aragon », *Esprit*, 25e année, n° 248, mars 1957, p. 541-548.

Reynald Lahanque, « L'inscription de l'Histoire dans *Le Roman inachevé* », in *Aragon 1956, op. cit.*, p. 133-146.

Renate Lance-Otterbein, « Le passage du poème *Les Yeux et la mémoire* au *Roman inachevé*, aspects génétiques » (p. 115-132), in *Aragon 1956, op. cit.*

Benoît Le Roux, « Le souvenir dans *Le Roman inachevé* », in *Analyses et réflexions sur... Le Souvenir dans* Le Roman inachevé *d'Aragon, op. cit.*, p. 61-66.

Geneviève Mouillaud-Fraisse, « 1956 ou l'indicible dans *Le Roman inachevé* » (p. 167-178), in *Aragon 1956, op. cit.*

René Nallet, « La souffrance dans *Le Roman inachevé* », in *Analyses et réflexions sur... Le Souvenir dans* Le Roman inachevé *d'Aragon, op. cit.*, p. 153-164.

Béatrice Nguessan, « Explication 20 sur *Le Roman inachevé* ("Je traîne avec moi trop d'échecs et de mécomptes") », in Ridha Bourkhis (éd.), *L'Explication littéraire. Pratiques textuelles*, Armand Colin, 2006, p. 247-261.

Jane O'Reilly, « Le groupe Manouchian et le manuscrit du *Roman inachevé* », *Digraphe*, n° 82/83, automne/hiver 1997, p. 106-125.

Jacques Pechenard, « "Il n'est pire misère"... », in *Analyses et réflexions sur... Le Souvenir dans* Le Roman inachevé *d'Aragon, op. cit.*, p. 68-91.

Denis Prévot-Seize, « Le souvenir de la romance et la romance du souvenir », in *Analyses et réflexions sur... Le Souvenir dans* Le Roman inachevé *d'Aragon, op. cit.*, p. 125-143.

Suzanne Ravis et Lucien Victor, « Sur les trois "proses" du *Roman inachevé* », *Europe, op. cit.*, 1991, p. 80-90.

Léon Robel, « Aragon et Pouchkine : de la genèse du *Roman inachevé* », *Recherches croisées Aragon / Elsa Triolet*, n° 3, 1991, p. 23-35.

Bernard Robert, « Notes de lecture : poètes d'aujourd'hui. III. *Le Roman inachevé* d'Aragon », *Revue de l'université d'Ottawa*, juillet-septembre 1969, p. 431-435.

Abd el-Kim Saïd, « Explication 21 sur *Le Roman inachevé* ("Sur le Pont Neuf j'ai rencontré") », in Ridha Bourkhis (éd.), *L'Explication littéraire. Pratiques textuelles*, Armand Colin, 2006, p. 262-270.

Yves Stalloni, « Le miroir, reflet du souvenir », in *Analyses et réflexions sur... Le Souvenir dans* Le Roman inachevé d'Aragon, *op. cit.*, p. 93-117.

Lucien Victor, « Le vers de seize syllabes dans *Le Roman inachevé* », in *Aragon 1956, op. cit.*, p. 189-205.

VIII. DISCOGRAPHIE

Le disque de référence, pour toute la discographie d'Aragon mais aussi pour ce poème de 1956, est, évidemment, le vinyl des dix chansons de Léo Ferré paru chez Barclay en janvier 1961. Huit sont extraites du *Roman inachevé*, mais Ferré a renommé les poèmes et les a souvent profondément remaniés en inversant ou supprimant des strophes, ou en répétant un vers sous forme de refrain. La pochette du disque Barclay s'enrichit de deux textes en miroir, « Léo Ferré et la mise en chansons » par Aragon, et « Aragon et la composition musicale » par Léo Ferré (tous deux aujourd'hui reproduits dans *OP* VI, p. 336-341). Ce disque comprenait donc :

1. « L'affiche rouge » (« Strophes pour se souvenir », p. 227-228);
2. « Tu n'en reviendras pas » (« La guerre et ce qui s'en suivit », p. 62-64);
3. « Est-ce ainsi que les hommes vivent » (« Bierstube Magie allemande... », p. 72-75);
4. « Il n'aurait fallu » (p. 181-182);
5. « Les fourreurs » (« C'est un sale métier... », p. 220-222);
6. « Blues » (« Quatorzième arrondissement », *Les Poètes*, Gallimard, 1960, coll. Blanche, p. 73-80);
7. « Elsa » (« L'amour qui n'est pas un mot », p. 171-173);
8. « L'étrangère » (« Après l'amour », p. 148-155);
9. « Je chante pour passer le temps » (p. 157-158);
10. « Je t'aime tant » (« Mon sombre amour d'orange amère... », *Elsa*, Gallimard, 1959, coll. Blanche, p. 41-43).

La plupart de interprètes ultérieur(e)s d'Aragon mettront à leurs répertoires ces chansons de Ferré, et nous ne les recensons pas; plus de deux cents textes d'Aragon ont été mis en musique par divers compositeurs et interprètes. Il convient cependant d'ajouter à cette liste quelques autres chansons tirées du *Roman inachevé*, essentiellement :

- « Que serais-je sans toi », musique et interprétation de Jean Ferrat (Barclay, 1964 ; repris dans le volume 1 de *Jean Ferrat chante Aragon*, éd. Alleluia ; texte tiré de « Prose du bonheur et d'Elsa, p. 235-240) ;
- « Qui vivra verra », musique et interprétation de Jean Ferrat (volume 2 de *Jean Ferrat chante Aragon* ; poème tiré de « À chaque gare de poussière », p. 128-132) ;
- « Je me souviens », poème interprété par Yves Montand sur une musique de Philippe Gérard, 1969, poème tiré de « Je ne récrirai pas ma vie », p. 95-98) ;
- « Le Jour de Sacco-Vanzetti », par Marc Ogeret, musique de Michel Villard (*Ogeret chante Aragon*, Grand Prix du disque, Vogue, 1975) ; poème intitulé « Intermède français » (p. 133-134) ; l'interprète y chante une dernière strophe, manifestement d'Aragon, dont le texte ne figure ni dans le manuscrit conservé à la BNF, ni dans aucune édition connue de ce poème ;
- « On fait l'homme », par Monique Morelli, musique de Lino Leonardi (*Monique Morelli chante Aragon*, EPM, 1988, texte extrait du poème « Ce qu'il m'aura fallu de temps... », p. 21-25) ;
- « Marguerite Marie et Madeleine », par Monique Morelli et Lino Leonardi (même disque, poème des pages 35-36 du *Roman inachevé*) ;
- « Un jour j'ai cru te perdre », par Monique Morelli et Lino Leonardi, même disque, poème des pages 204-205 (notons que le titre de cette chanson, tiré de l'exergue du poème lui-même tiré du *Cantique à Elsa*, reproduit une faute : « Un soir j'ai cru te perdre Elsa mon immortelle » dit le premier texte) ;

« Voilà », *Hélène Martin chante Aragon* (arrangement musical Jean-François Gaël, EPM, 1990, texte tiré des trois derniers vers du poème « Ici commence la grande nuit des mots », p. 83-85).

TABLE

Composition CMB Graphic
Impression Bussière à Saint-Amand (Cher),
le 6 février 2007.
Dépôt légal : février 2007.
Numéro d'imprimeur : 070567/1.
ISBN 978-2-07-030788-3./Imprimé en France.

135314